m

阅读之前 没有真相

午 夜 文 库 ————————

阿加莎·克里斯蒂

马普尔小姐系列

阿加莎·克里斯蒂
Agatha Christie (1890—1976)

　　无可争议的侦探小说女王，侦探文学史上最伟大的作家之一。

　　阿加莎·克里斯蒂原名为阿加莎·玛丽·克拉丽莎·米勒，一八九〇年九月十五日生于英国德文郡托基的阿什菲尔德宅邸。她几乎没有接受过正规的教育，但酷爱阅读，尤其痴迷于歇洛克·福尔摩斯的故事。

　　第一次世界大战期间，阿加莎·克里斯蒂成了一名志愿者。战争结束后，她创作了自己的第一部侦探小说《斯泰尔斯庄园奇案》。几经周折，作品于一九二〇年正式出版，由此开启了克里斯蒂辉煌的创作生涯。一九二六年，《罗杰疑案》由哈珀柯林斯出版公司出版。这部作品一举奠定了阿加莎·克里斯蒂在侦探文学领域不可撼动的地位。之后，她又陆续出版了《东方快车谋杀案》《ABC谋杀案》《尼罗河上的惨案》《无人生还》《阳光下的罪恶》等脍炙人口的作品。时至今日，这些作品依然是世界侦探文学宝库里最宝贵的财富。根据她的小说改编而成的舞台剧《捕鼠器》，已经成为世界上公演场次最多的剧目；而在影视改编方面，《东方快车谋杀案》为英格丽·褒曼斩获奥斯卡大奖，《尼罗河上的惨案》更是成为几代人心目中的经典。

阿加莎·克里斯蒂的创作生涯持续了五十余年，总共创作了八十余部侦探小说。她的作品畅销全世界一百多个国家和地区，累计销量已经突破二十亿册。她创造的小胡子侦探波洛和老处女侦探马普尔小姐为读者津津乐道。阿加莎·克里斯蒂是柯南·道尔之后最伟大的侦探小说作家，是侦探文学黄金时代的开创者和集大成者。一九七一年，英国女王授予克里斯蒂爵士称号，以表彰其不朽的贡献。

一九七六年一月十二日，阿加莎·克里斯蒂逝世于英国牛津郡沃灵福德家中，被安葬于牛津郡的圣玛丽教堂墓园，享年八十五岁。

波洛系列

1920　The Mysterious Affair at Styles《斯泰尔斯庄园奇案》

1923　Murder on the Links《高尔夫球场命案》

1924　Poirot Investigates《首相绑架案》

1926　The Murder of Roger Ackroyd《罗杰疑案》

1927　The Big Four《四魔头》

1928　The Mystery of the Blue Train《蓝色列车之谜》

1932　Peril at End House《悬崖山庄奇案》

1933　Lord Edgware Dies《人性记录》

1934　Murder on the Orient Express《东方快车谋杀案》

1935　Three—Act Tragedy《三幕悲剧》

1935　Death in the Clouds《云中命案》

1936　The ABC Murders《ABC 谋杀案》

1936　Murder in Mesopotamia《古墓之谜》

1936　Cards on the Table《底牌》

1937　Dumb Witness《沉默的证人》

1937　Death on the Nile《尼罗河上的惨案》

1937　Murder in the Mews《幽巷谋杀案》

1938　Appointment with Death《死亡约会》

1938　Hercule Poirot´s Christmas《波洛圣诞探案记》

1940　Sad Cypress《H 庄园的午餐》

1940　One，Two，Buckle My Shoe《牙医谋杀案》

1941　Evil Under the Sun《阳光下的罪恶》

1943　Five Little Pigs《五只小猪》

1946　The Hollow《空幻之屋》

1947　The Labours of Hercules《赫尔克里·波洛的丰功伟绩》

1948　Taken at the Flood《顺水推舟》

1952　Mrs．McGinty´s Dead《清洁女工之死》

1953　After the Funeral《葬礼之后》

1955　Hickory Dickory Dock《山核桃大街谋杀案》

1956　Dead Man´s Folly《弄假成真》

1959　Cat Among the Pigeons《鸽群中的猫》

1960　The Adventure of the Christmas Pudding《雪地上的女尸》

1963 The Clocks 《怪钟疑案》

1966 Third Girl 《第三个女郎》

1969 Hallowe´en Party 《万圣节前夜的谋杀》

1972 Elephants Can Remember 《大象的证词》

1974 Poirot´s Early Stories 《蒙面女人》

1975 Curtain—Poirot´s Last Case 《帷幕》

马普尔小姐系列

1930 The Murder at the Vicarage 《寓所谜案》

1932 The Thirteen Problems 《死亡草》

1942 The Body in the Library 《藏书室女尸之谜》

1943 The Moving Finger 《魔手》

1950 A Murder Is Announced 《谋杀启事》

1952 They Do It with Mirrors 《借镜杀人》

1953 A Pocket Full of Rye 《黑麦奇案》

1957 4.50 from Paddington 《命案目睹记》

1962 The Mirror Crack´d from Side to side 《破镜谋杀案》

1964 A Caribbean Mystery 《加勒比海之谜》

1965 At Bertram´s Hotel 《伯特伦旅馆》

1971 Nemesis 《复仇女神》

1976 Sleeping Murder 《沉睡谋杀案》

1979 Miss Marple´s Final Cases 《马普尔小姐最后的案件》

其他系列及非系列

1922 The Secret Adversary 《暗藏杀机》

1924 The Man in the Brown Suit 《褐衣男子》

1925 The Secret of Chimneys 《烟囱别墅之谜》

1929 Partners in Crime 《犯罪团伙》

1929 The Seven Dials Mystery 《七面钟之谜》

1930 The Mysterious Mr. Quin 《神秘的奎因先生》

1931 The Sittaford Mystery 《斯塔福特疑案》

1933 The Witness for the Prosecution and Other Stories 《控方证人》

1934 Why Didn´t They Ask Evans? 《悬崖上的谋杀》

阿加莎·克里斯蒂 侦探作品年表

1934　The Listerdale Mystery《金色的机遇》

1934　Parker Pyne Investigates《惊险的浪漫》

1939　Murder Is Easy《逆我者亡》

1939　And Then There Were None《无人生还》

1941　N or M?《桑苏西来客》

1944　Towards Zero《零点》

1945　Sparkling Cyanide《闪光的氰化物》

1945　Death Comes as the End《死亡终局》

1949　Crooked House《怪屋》

1950　Three Blind Mice and Other Stories《三只瞎老鼠》

1951　They Came to Baghdad《他们来到巴格达》

1954　Destination Unknown《地狱之旅》

1958　Ordeal by Innocence《奉命谋杀》

1961　The Pale Horse《灰马酒店》

1967　Endless Night《长夜》

1968　By the Pricking of My Thumbs《煦阳岭的疑云》

1970　Passenger to Frankfurt《天涯过客》

1973　Postern of Fate《命运之门》

1991　Problem at Pollensa Bay《神秘的第三者》

1997　While the Light Lasts《灯火阑珊》

出版前言

纵观世界侦探文学一百七十余年的历史，如果说有谁已经超脱了这一类型文学的类型化束缚，恐怕我们只能想起两个名字——一个是虚构的人物歇洛克·福尔摩斯，而另一个便是真实的作家阿加莎·克里斯蒂。

阿加莎·克里斯蒂以她个人独特的魅力创造着侦探文学史上无数的传奇：她的创作生涯长达五十余年，一生撰写了八十余部侦探小说；她开创了侦探小说史上最著名的"黄金时代"；她让阅读从贵族走入家庭，渗透到每个人的生活中；她的作品被翻译成一百多种文字，畅销全球一百五十余个国家，作品销量与《圣经》《莎士比亚戏剧集》同列世界畅销书前三名；她的《罗杰疑案》《无人生还》《东方快车谋杀案》《尼罗河上的惨案》都是侦探小说史上的经典；她是侦探小说女王，因在侦探小说领域的独特贡献而被册封为爵士；她是侦探小说的符号和象征。她本身就是传奇。沏一杯红茶，配一张躺椅，在暖暖的阳光下读阿加莎的小说是一种生活方式，是惬意的享受，也是一种态度。

午夜文库成立之初就试图引进阿加莎的作品，但几次都与版权擦肩而过。随着午夜文库的专业化和影响力日益增强，阿加莎·克里斯蒂的版权继承人和哈珀柯林斯出版公司主动要求将版权独家授予新星出版社，并将阿加莎系列侦探小说并入午夜文库。这是对我们长期以来执着于侦探小说出版的褒奖，是对我们的信任与鼓励，更是一种压力和责任。

新版阿加莎·克里斯蒂作品由专业的侦探小说翻译家以最权威的英文版本为底本，全新翻译，并加入双语作品年表和阿加莎·克里斯蒂家族独家授权的照片、手稿等资料，力求全景展现"侦探女王"的风采与魅力。使读者不仅欣赏到作家的巧妙构思、离奇桥段和睿智语言，而且能体味到浓郁的英伦风情。

阿加莎作品的出版是一项系统工程，规模庞大，我们将努力使之臻于完美。或存在疏漏之处，欢迎方家指正。

新星出版社
午夜文库编辑部

Agatha Christie

Over the next few years, we plan to celebrate two very important Agatha Christie anniversaries. In 2015, it is the 125th anniversary of her birth in Torquay, South Devon, England, and in 2020 it will be 100 years after her first book, THE MYSTERIOUS AFFAIR AT STYLES, featuring her famous detective, Hercule Poirot, was published. This is therefore a very appropriate moment to publish a new edition of her works, and I am delighted that HarperCollins has chosen to work with New Star on these new editions. New Star is China's top crime publisher, and has a strong and dedicated editorial staff and a confirmed passion for Agatha Christie, making them the ideal partner. It is the right time to make these classic books available in modern translations and so to bring Agatha Christie's books anew to her many fans in China, giving them a new reason to re-read these much-loved stories, as well as introducing them to a whole new audience. How delighted Agatha Christie would have been that her stories (as she called them) are still giving so much pleasure to so many people all over the world!

I think there are two very remarkable things about Agatha Christie's stories. The first is that they are so adaptable. It doesn't really matter which language they appear in, the stories and the plots still give the same thrill, still provide the same puzzles, and the characters still have the same attraction. Readers in China will I am sure enjoy Hercule Poirot and Miss Marple just as much as we do in England, and readers in China will still be transfixed by the surprises and horrors of AND THEN THERE WERE NONE, one of the great classics of 20th century detective fiction, as we are here.

Agatha Christie

The second is that the stories give a wonderful picture of England, particularly rural England, at the time Agatha Christie lived. She wrote books from 1920 until 1970 but it is sometimes hard to tell which part of her life each book was written in. Her characters and the life they lived were very much the same. The life we all live is changing very quickly these days but "the Agatha Christie world" stays the same. Perhaps the Miss Marple stories provide the best example of this, and in some ways, THE BODY IN THE LIBRARY and NEMESIS are quite similar, despite the fact that thirty years elapsed between the time they were written.

Perhaps I might end by mentioning three Agatha Christies (other than the ones mentioned above) which I think demonstrate why she is so popular, even in the twenty-first century. The first is MURDER ON THE ORIENT EXPRESS, one of the most famous with one of the most ingenious and human plots. Read this on one of your long train journeys in China! Next is A MURDER IS ANNOUNCED, a Miss Marple which was her 50th book. It has my favourite murderer in it! And last is ENDLESS NIGHT a story about evil and how it affects three young people, written at the time when I knew her best, and understood how deeply she cared and sympathised with young people and the world they lived in.

Whichever are your favourites I hope you enjoy these stories that New Star are introducing to you again. I think it is a great publishing event.

Mathew

Grandson of Agatha Christie
Chairman of Agatha Christie Ltd

致中国读者

（午夜文库版阿加莎·克里斯蒂作品集序）

　　在未来的几年中，我们将要筹备两个非常重要的关于阿加莎·克里斯蒂的纪念日。二〇一五年是她的一百二十五岁生日——她于一八九〇年出生于英国的托基市，二〇二〇年则是她的处女作《斯泰尔斯庄园奇案》问世一百周年的日子，她笔下最著名的侦探赫尔克里·波洛就是在这本书中首次登场。因此，新星出版社为中国读者们推出全新版本的克里斯蒂作品正是恰逢其时，而且我很高兴哈珀柯林斯选择了新星来出版这一全新版本。新星出版社是中国最好的侦探小说出版机构，拥有强大而且专业的编辑团队，并且对阿加莎·克里斯蒂的作品极有热情，这使得他们成为我们最理想的合作伙伴。如今正是一个良机，可以将这些经典作品重新翻译为更现代、更权威的版本，带给她的中国书迷，让大家有理由重温这些备受喜爱的故事，同时也可以将它们介绍给新的读者。如果阿加莎·克里斯蒂知道她的小故事们（她这样称呼自己的这些作品）仍然能给世界上这么多人带来如此巨大的阅读享受，该有多么高兴啊！

　　我认为阿加莎·克里斯蒂的作品有两个非常重要的特征。首先它们是非常易于理解的。无论以哪种语言呈现，故事和情节都同样惊险刺激，呈现给读者的谜团都同样精彩，而书中人物的魅力也丝毫不受影响。我完全可以肯定，中国的读者能够像我们英国人一样充分享受赫尔克里·波洛和马普尔小姐带来的乐趣；中国读者也会和我们一样，读到二十世纪最伟大的侦探经典作品——比如《无人生还》——的时候，被震惊和恐惧牢牢钉在原地。

第二个特征是这些故事给我们展开了一幅英格兰的精彩画卷，特别是阿加莎·克里斯蒂那个年代的英国乡村。她的作品写于二十世纪二十年代至七十年代间，不过有时候很难说清楚每一本书是在她人生中的哪一段日子里写下的。她笔下的人物，以及他们的生活，多多少少都有些相似。如今，我们的生活瞬息万变，但"阿加莎·克里斯蒂的世界"依旧永恒。也许马普尔小姐的故事提供了最好的范例：《藏书室女尸之谜》与《复仇女神》看起来颇为相似，但实际上它们的创作年代竟然相差了三十年。

最后，我想提三本书，在我心目中（除了上面提过的几本之外）这几本最能说明克里斯蒂为什么能够一直受到大家的喜爱。首先是《东方快车谋杀案》，最著名，也是最机智巧妙、最有人性的一本。当你在中国乘火车长途旅行时，不妨拿出来读读吧！第二本是《谋杀启事》，一个马普尔小姐系列的故事，也是克里斯蒂的第五十本著作。这本书里的诡计是我个人最喜欢的。最后是《长夜》，一个关于邪恶如何影响三个年轻人生活的故事。这本书的写作时间正是我最了解她的时候。我能体会到她对年轻人以及他们生活的世界关心至深。

现在新星出版社重新将这些故事奉献给了读者。无论你最爱的是哪一本，我都希望你能感受到这份快乐。我相信这是出版界的一件盛事。

阿加莎·克里斯蒂外孙

阿加莎·克里斯蒂有限责任公司董事长

马修·普理查德

二〇一三年二月二十日

阿加莎·克里斯蒂侦探作品集㉞

借镜杀人
They Do It with Mirrors

AgathaChristie®

[英]阿加莎·克里斯蒂 著

陈杰 译

新 星 出 版 社　NEW STAR PRESS

第一章

范·赖多克夫人从镜子前后退了一小步，长出了一口气。

"哎，只能这样了，"她低声道，"简，你觉得还好吗？"

马普尔小姐赞许地看着兰瓦内利设计的这件睡袍。

"非常漂亮。"马普尔小姐说。

"还算过得去吧。"范·赖多克夫人说完又叹了一口气。

"斯蒂芬尼，帮我脱下来。"她说。

一位头发灰白、嘴巴紧抿的老女仆顺着范·赖多克夫人伸起的双臂把睡袍小心翼翼地从她身上脱了下来。

范·赖多克夫人穿着粉红色的绸缎衬裙站在镜子前，衬裙里穿着件紧身胸衣，仍然匀称的双腿上套着双尼龙长袜。她化了妆，加上经常按摩，让她的脸远看上去几乎和年轻姑娘的一样光滑。她的头发呈淡蓝色，发型做得很美。很难想象此时盛装打扮的范·赖多克夫人原本是什么样子的。范·赖多克夫人全身都是用钱堆砌起来的——辅之以节食、按摩和长期的锻炼。

露丝·范·赖多克好奇地看着她的朋友。

"简，别人会觉得我和你的年龄一样大吗？"

马普尔小姐回答得很诚实。

"他们肯定猜不出来。"她确定无疑地说，"老实说，我的长相和年纪相差不大。"

1

马普尔小姐的头发已经白了，脸色白里透红，有些许皱纹。她的眼珠湛蓝，眼神无辜，俨然一个可爱的老奶奶。但没人会把范·赖多克夫人称为"老奶奶"。

范·赖多克夫人说："简，你的确老了。"她苦笑了一声又接着说，"其实我也一样。只不过和你老的方式不同罢了。'那老家伙是怎么保持体形的啊！'别人都这么说我。不过，他们都知道我已经很老了。上帝，我怎么也有这种感觉啊！"

她重重地坐在那把缎面的椅子上。

"斯蒂芬尼，没什么事了，"她说，"你出去吧。"

女仆拾掇好衣服便出去了。

"尽职的斯蒂芬尼，"露丝·范·赖多克夫人说，"她跟了我三十多年，真正了解我的人也只有她了。简，我想和你聊聊。"

马普尔小姐将身体微微前倾，显出乐于倾听的模样。她和这间装饰华丽的套房有些不协调。她穿着一件寒酸的黑色上衣，手里拿着个购物袋，活脱脱一位老妇人。

"简，我有点担心卡莉·路易丝。"

"卡莉·路易丝？"马普尔小姐若有所思地重复了一遍这个名字，这个名字使她回忆起很久以前的事情。

那时她生活在佛罗伦萨的寄宿学校里，还是一个面色红润的英国女孩，来自一个宗教家庭。学校里有一对姓马丁的美国姐妹，两人奇特的说话方式和奔放的性格让马普尔对她们充满了兴趣。露丝个子高，热情洋溢，非常自信；卡莉·路易丝则小巧玲珑，非常美丽，浑身上下透着股机灵劲儿。

"简，你最后一次见她是什么时候的事了？"

"不算很久，但至少也有二十五年了。当然，我们每年圣诞节都互寄贺卡。"

友谊非常玄妙。简·马普尔和两个美国女孩开始就不是一类人，但她们之间的友情却延续了下来；时不时写两封信，圣诞节互致问候。家（或者说几处家）在美国的露丝和她见得更频繁一些。不，这也不足为怪。和大多数这个阶级的美国人一样，露丝是个都市化十足的人，每隔一两年到欧洲玩一趟，穿行于伦敦与巴黎之间。去一次里维埃拉，然后再返回美国。她很乐意抽空与老朋友们聚一聚。类似的相聚已经有许多次了。在克拉里奇、萨伏依、伯克利或多切斯特，她们品尝美味佳肴，互诉昔日友情，最后难分难舍地匆匆道别。但露丝一直没时间去圣玛丽米德村。马普尔小姐也没想让她去。每个人的生活都有自己的节奏。露丝的生活节奏很快，马普尔小姐却喜欢不紧不慢的日子。

马普尔和从美国来访的露丝见过很多次面，但和住在英格兰的卡莉·路易丝却有二十多年没见了。其实这也很好理解，住在同一个国家的朋友没必要刻意安排时间见面，人们总觉得迟早能见上。结果却各忙各的，总也见不了面。更何况简·马普尔和卡莉·路易丝的生活之间没有重合点，见不上面也就不足为奇了。

"露丝，你为什么担心卡莉·路易丝？"马普尔小姐问。

"不知什么原因，我就是非常担心。"

"她没生病吧？"

"她很纤弱——身体一直不太好。但现在应该不会比以往更差，和我们一样，维持着老样子。"

"那她是心情不好吗？"

"哦，当然不是。"

不会是心情不好，马普尔小姐心想。很难想象卡莉·路易丝会不开心——生活中肯定有不高兴的时候，只是马普尔小姐没察觉到而已。也许会有迷茫，也许会有困惑，但卡莉绝不会极度悲伤。

范·赖多克夫人又开腔了。

"卡莉·路易丝总是神游于这个世界之外。"她说,"她不了解这个世界。也许我担心的就是这一点。"

"她的周围,"马普尔小姐刚扯开话头马上又停了下来,摇了摇头,"应该都是些讲求实际的人。"她说。

"我指的是她本人。"露丝·范·赖多克说,"卡莉·路易丝一直是我们当中比较有抱负的一个。理想在我们年轻时是种时尚——我们都很有抱负,这对年轻女孩来说很正常。简,你当时想照看麻风病人,想当个修女。但这种无聊事总是过了就忘。人们都说婚姻会改变一切。大体上讲,我的婚姻还算美满。"

马普尔小姐觉得露丝说得过于轻描淡写。她结过三次婚,每次嫁的都是十分富有的人,每次离异都只是增加了她的银行存款,一点都没影响到她的心情。

"我也很坚强,"范·赖多克夫人说,"不会被生活压垮。我的希望本来就不高,对男人更是没有过高的要求——这点我做得不错——不会放不下哪段感情。我和托米仍然是很好的朋友,朱利叶斯也常问我对市场的看法。"她的脸色突然阴沉下来,"卡莉·路易丝却总爱和怪人结婚,我担心的正是这点。"

"什么怪人?"

"一些有理想的人。路易丝很容易被所谓的理想蒙蔽。十七岁时她瞪大双眼聆听老古尔布兰森谈论他关乎全人类的宏伟计划,然后便和那个五十多岁、有几个已经长大成人的孩子的老头结了婚。她嫁的只是那些慈善家般的想法。她着魔一般听古尔布兰森讲话,两人之间的关系像苔丝狄蒙娜和奥赛罗一样。好在没有伊阿古那种人出来捣蛋——幸亏古尔布兰森不是有色人种,他是瑞典还是挪威人。"

马普尔小姐若有所思地点了点头。古尔布兰森是个外国姓氏。古尔布兰森具有极其敏锐的生意头脑，积累了大量财富。他为人很正直，把钱都通过慈善机构捐掉了。他的名字至今仍然很有影响力。古尔布兰森信托公司、古尔布兰森研究基金会、古尔布兰森公立救济院，还有以他名字命名、供工人后代上学的教育学院。

"她不是为了钱才和他结婚的，"露丝说，"如果是我我就会冲着钱去。但卡莉·路易丝不会。如果古尔布兰森没在她三十二岁时去世，真不知道他们会出什么事。对寡妇来说，三十二岁是很好的年龄。她有了处事的经验，也能适应外面的世界。"

单身的马普尔小姐听着露丝的话，不自觉地联想起圣玛丽米德村她认识的几个寡妇，不禁轻轻地点了点头。

"卡莉·路易丝和约翰尼·雷斯塔里克结婚时我非常高兴。当然他看上的只是她的钱而已——如果路易丝没钱，他肯定不会和她结婚。约翰是一个自私自利、喜欢寻欢作乐的大懒虫，但比那些空有理想的神经质要强。他要的不过是享乐。约翰要卡莉·路易丝找最棒的服装设计师，买最好的游艇和汽车，一同享受生活。这种男人很安全，只要给他安逸奢华的生活，他便会对你百依百顺。我从不把约翰的装模作样当回事，但卡莉对此非常生气，觉得他过于奢侈，非要他过穷酸的生活。而后那个可怕的南斯拉夫女人掌控了约翰的心，从卡莉身边抢走了他。他其实不想离开，如果卡莉·路易丝能更理智些，再等一等，也许他就会回来。"

"卡莉对约翰的离开非常介意吗？"马普尔小姐问。

"这正是有意思的地方。我认为她并不十分在意，这反而正合她的心意——她非常开心。卡莉巴不得和约翰离婚，让他和那个野女人结婚。她同意接受约翰第一次婚姻生下的两个儿子，让他们的生活更加稳定。可怜的约翰——他不得不和那个女人结婚，过了半年糟糕透顶的生活。后来两人死于悬崖坠车。人们都说那是场事故，但我认为是那个女人一怒之下把车开下了悬崖！"

范·赖多克夫人停顿了一会儿，拿起一面镜子，仔细端详着自己的脸。然后她拿起眉毛夹，用夹子拔去几根眉毛。

"接着卡莉·路易丝和刘易斯·塞罗科尔德结了婚。刘易斯又是个怪胎。我不是说他不爱她——他爱她——但他也中了邪，要改善每个人的生活。要我说，改善生活还得自己来。"

"我不太了解那个人。"马普尔小姐说。

"和时装一样，慈善也是一股风。（亲爱的，你见过克里斯汀·迪奥倡导女人们都穿裙子时的猴急样吗？）我说到哪儿了？对了，一股风。慈善也是个讲时髦的行当。古尔布兰森的时代流行教育，但现在教育已经过时了。国家会管理教育。所有人都认为受教育是自己的权利——得到时不会太在乎。现在的问题是青少年犯罪，少年犯非常猖狂，到处都是少年犯和潜在的罪犯。所有人都为此忧心忡忡。刘易斯·塞罗科尔德厚镜片后面那对晶亮的大眼显示出他热情而狂躁的本质：他属于不计索取，能把全部精力投入到某项事业的那种人。卡莉·路易丝像年轻时那样情迷于这一点。简，我不喜欢这样。他们喜欢开信托投资会，爱把新思想灌输给别人。他们把那里变成少年犯改造基地，叫了些精神病医生和心理学家过来。刘易斯和卡莉·路易丝就和那些孩子住在一起，这简直太不正常了。那里聚集了治疗师、教师和少年犯，其中一半是疯子。卡莉·路易丝也混在这些人中间，真是太可怜了。"

她停顿了一下，无助地看着马普尔小姐。

"露丝，你究竟在担心些什么？"马普尔小姐困惑地问。

"我不知道！但这正是我所担心的。我只去那儿住了几天，总觉得有什么地方不对劲。应该是那幢房子——房子里的气氛非常怪异——绝对错不了。我一直对气氛非常敏感。我告诉过你我劝朱利叶斯把联合谷物公司出售，公司脱手后很快就破产了的事吗？我的预感一向很灵。那里肯定有什么地方不对头，但我说不出个所以然——也许来自那些讨厌的少年犯，也许是那种惺惺作态的家庭感。到底是什么我暂且说不上来。刘易斯为他的理想活着，别的什么都不管，卡莉·路易丝则只想看见和听见自己想要的东西。她的想法不错，但太脱离实际了。那里肯定酝酿着什么罪恶的事情。简，希望你马上去看个究竟。"

"我吗？"马普尔小姐嚷道，"为什么让我去？"

"你有探察这种事的天分。简，你看上去和蔼可亲，但任何事都吓不到你，你总能预料到最坏的结果。"

"最坏的情况总会成真。"马普尔小姐低声说。

"我不明白，你对人性的看法为什么那么坏——你住的可是个宁静而淳朴的古老村庄啊！"

"露丝，你没在乡下住过。宁静而淳朴的村庄里发生的事会吓你一大跳。"

"也许吧。既然任何事都不会让你害怕，何不亲自去石门山庄走一趟呢？我想你会去的，是吗？"

"亲爱的露丝，混进去可不容易。"

"不难。我全想好了。如果你不生我的气的话，我想告诉你我已经做了些准备。"

7

范·赖多克夫人不安地看了马普尔小姐一会儿，点了根烟，然后紧张地继续解释。

"我想你一定赞同，英国战后的日子很艰难，人们的收入都很少——简，尤其是你这样的人。"

"没错。要不是雷蒙德外甥的一片好心，我真不知道该怎么活。"

范·赖多克夫人说："卡莉·路易丝对你外甥一无所知——即便听说过，也只把他当作家看，根本想不到那是你的外甥。我对卡莉·路易丝说了，简的日子过得非常糟糕。有时连吃的都没有，又高傲得不肯求助于人。我们可以不谈钱，但可以和老朋友一起在优雅的环境里好好待上一阵，无忧无虑地享受营养美味的食物。"露丝·范·赖多克夫人顿了顿，横下心来对马普尔小姐说，"你想发火就朝我发吧。"

马普尔小姐略显惊讶地睁圆了那双蓝色的眼睛。

"露丝，我为什么要冲你发火？这是个切实可行的好办法。卡莉·路易斯一定答复你了吧？"

"她给你写了信，你回去就会收到。简，你不觉得我太自作主张了吗？你不介意……"

她犹豫着要不要往下说，马普尔小姐巧妙地给出了答案。

"你想问我介不介意充当被救助者去趟石门山庄是吗？——当然不介意，如果你觉得有必要，我完全可以走这么一趟。"

范·赖多克夫人吃惊地看着她。

"为什么？你听到什么风声了吗？"

"没什么。我只是相信你的判断而已。露丝，你不是个异想天开的女人。"

"但我并没有明确的线索。"

马普尔小姐若有所思地说："记得基督降临节后的第二个星期天，做礼拜时我坐在格蕾丝·兰布尔后边，对她越来越担心。没错，一定是哪里不对劲，非常不对劲，但又说不清是为什么。那是一种非常确切的扰人之感。"

"结果出什么事了？"

"是出事了。她那位曾是海军上将的父亲有阵子一直神经兮兮的，那天礼拜后，他拿着个矿锤去找她，说格蕾丝是反基督教徒伪装的，差点儿杀了她。后来人们把他送进了疯人院，格蕾丝在医院里待了好几个月才恢复正常——真是命悬一线啊。"

"你在教堂就有不祥的预感了吗？"

"我倒不觉得那是预感。我的判断都建立在事实的基础之上——事发前总有些蛛丝马迹，只是人们往往意识不到。那天格蕾丝戴反了帽子，这非常少见，格蕾丝·兰布尔非常细心，不是个粗枝大叶的女孩。能让她分心以至于没注意到帽子戴反了的事非常少。后来大家才知道，临出门时，她父亲朝她扔了个大理石镇纸，把镜子砸得粉碎，她把帽子随手戴上便匆匆出了门。她不愿意显得狼狈，更不想让下人听见什么。她把父亲的这些行为都归咎于'爸爸的船员脾气'，她没意识到父亲的神经已经错乱，她早该意识到这点的。事实上，她父亲一直在抱怨有人监视他，说自己被敌人跟踪——这都是神经错乱的症状。"

范·赖多克夫人钦佩地看着这位多年的老友。

她说："简，也许圣玛丽米德村不像我一直想的那样，是个宁静恬淡的安乐窝。"

"亲爱的，人性在哪里都差不多。只是在城市里更难观察一些。"

"你会去石门山庄吗？"

"会去，这也许对我外甥雷蒙德有些不公平，我是说，这会让人以为他不够照顾我。好在那个孝顺孩子要去墨西哥待六个月，等他回来，一切都该结束了。"

"什么该结束了？"

"卡莉·路易丝的邀请不会标明具体时间，但三周到一个月足够了。"

"够让你查明出了什么事吗？"

"这点时间完全够了。"

"简，"范·赖多克夫人说，"你对自己信心满满，是吗？"

马普尔小姐略带些责备地看着她。

"是你对我有信心，露丝。既然你这么说……我只能努力证明你的信任没错。"

第二章

坐火车回圣玛丽米德村之前（星期三返程票特价），马普尔小姐用生意人一般的精明收集了些情况。

"我和卡莉·路易丝不常联络，只是互寄圣诞卡和新年历而已。亲爱的露丝，我想知道些基本情况，比如会在石门山庄见到些什么人。"

"你知道卡莉·路易丝和古尔布兰森的婚事吧？他们没孩子，卡莉·路易丝对此一直耿耿于怀。古尔布兰森是个鳏夫，带着三个长大成人的儿子。于是他们收养了个女孩，给她起名叫皮帕——是个可爱的小东西。收养皮帕时她才只有两岁。"

"她是从哪儿领来的？家庭背景怎样？"

"简，我不记得了——也许根本没人听说过。多半是从收养协会领来的吧。或许是古尔布兰森偶然得知有个孩子没人要。为什么这么问？这个问题很重要吗？"

"多知道些情况总不会有错。请接着讲。"

"但卡莉·路易丝很快就发现自己怀孕了。大夫们说这种事经常发生。"

马普尔小姐点了点头。

"的确是这样的。"

"不管怎样，她就是怀孕了。有意思的是，卡莉·路易丝竟有些手足无措，你应该能明白我的意思。当然，一开始她高兴坏了。她把全部的爱都给了皮帕，因此她对这种喜悦有些内疚。后来，米尔德里德出生了，她不怎么招人喜欢。她像古尔布兰森家族里的其他人一样严肃而有威严，但长得不怎么样。卡莉·路易丝尽量避免把领养的孩子和亲生孩子区别对待，我常觉得她溺爱皮帕而忽略了米尔德里德。米尔德里德似乎对此非常愤恨。不过我不常见到她们。皮帕出落得非常漂亮，米尔德里德却相貌平平。埃里克·古尔布兰森过世时，米尔德里德十五岁，皮帕十八岁。皮帕二十岁那年和一个意大利人结了婚，那人是圣塞韦里诺的一个侯爵——不过有个名号罢了，其实就是个普通人。皮帕自称能继承财产（否则那个圣塞韦里诺人就不会和她结婚——你知道那些意大利人！）。古尔布兰森把财产平分给了两个孩子。米尔德里德和一个叫斯垂特的教士结了婚，这人不错，但对人冷淡。他比她大十五岁，但我相信他们婚后一定很幸福。

"一年前斯垂特死了，米尔德里德回到石门山庄和母亲一起住。我讲得太快，遗漏了其间的几件婚事。我先把这些婚事说一说。卡莉·路易丝对皮帕和意大利人的婚事非常满意。圭多风度翩翩，英俊潇洒，擅长运动。结婚一年后皮帕生了个女儿，自己却因难产而死。这是件可悲的事，圭多十分痛苦。卡莉·路易丝在意大利和英国之间来回跑了许多次，在罗马时遇见了约翰尼·雷斯塔里克并和他结了婚。那个侯爵又结了婚，而且不介意女儿被富有的外婆养大。于是这些人都在石门山庄定居下来，住在庄园里的有约翰尼·雷斯塔里克，卡莉·路易丝，约翰尼的两个儿子亚历克斯和斯蒂芬（约翰尼的前妻是俄国人），还有皮帕的孩子吉娜。米尔德里德和教士结婚后搬出去住了。紧接着发生了约翰和南斯拉夫女人的事情，再接着是卡莉的离婚。约翰尼的两个孩子时常去石门山庄度假，他们很喜欢卡莉·路易丝。后来，一九三八年，我记得是那一年，卡莉和刘易斯结了婚。"

范·赖多克夫人停下来喘了口气。

"你见过刘易斯吗？"

马普尔小姐摇了摇头。

"没有，我最后一次见卡莉·路易丝是一九二八年。她愉快地带我去科文特公园看了戏。"

"刘易斯非常适合她。他是一家很有声望的会计师事务所的头儿。我想他们是因为古尔布兰森信托公司和大学的财务问题相遇的。刘易斯很有钱，和她年纪相当，人又很正直。但他同样是个怪人，在少年犯改造问题上态度激进。"

露丝·范·赖多克叹了口气。

"简，我刚才已经说了，慈善也是一阵风。古尔布兰森那个时代流行教育，再往前是施粥场——"

马普尔小姐点了点头。

"把葡萄酒果冻和牛头做的汤送去给病人。妈妈们经常这么做。"

"时代在进化。思想上的教育很快就替代了衣食饱暖。慈善家们热衷于提高下层人群的教育水平。但这股风很快就过去了。他们不让你的孩子接受教育，觉得十八岁以下的人不识字才好。由于职能被国家取代，古尔布兰森信托及教育基金遇到了困难。这时，刘易斯却带着高度的热情改造起了少年犯。他在工作中注意到了这些人——查账时遇到过一些有欺诈行为的聪慧少年。他相信少年犯不会比别人差。他们聪明，也有能力，只是需要正确的引导。"

马普尔小姐说："这话有道理，但是不完全对。我记得……"

13

她停下来看了看表。

"糟了！要错过六点半的车了。"

露丝·范·赖多克赶忙问："你会去石门山庄吗？"

马普尔小姐拿起购物袋和伞，回答道："如果卡莉邀请我的话。"

"她会请你去的。你会去吗？简，你一定要答应我……"

简·马普尔答应了。

第三章

马普尔小姐在金德尔市场站下了车。一位好心的乘客帮她把手提箱提下去。马普尔小姐手里抓着一个网线袋、一个褪了色的皮手袋和其他几件行李，念念叨叨地说着感激的话：

"谢谢你，你真是太好了……给你添麻烦了。站上没几个行李员，每次出门总是手忙脚乱的。"

说话声被站台工作人员的喊声淹没了，三点十八分到站的车将停在一站台，马上要发往别的车站。工作人员的嗓门很大，但口齿不是很清楚。

金德尔市场站是个空旷的车站，它迎着风口，站台上几乎看不到旅客和工作人员。六道铁轨上只停着一辆车——一节单节小火车，正扑扑地吐着气。

马普尔小姐穿得比以往还差（幸好她没把这些旧衣服送人）。当她心神不宁地四下张望时，有个年轻人朝她走了过来。

"你是马普尔小姐吧？"他的声调非常有趣，如同这个名字是戏剧演出的开场白似的，"我是来接你的——从石门山庄专程而来。"

马普尔小姐感激地看着他，如果稍加留意，他也许会发现这个看上去无助的老太太有双狡黠的眼睛。年轻人的声音和性格反差很大，这不重要，甚至有人会说这根本无关紧要。他的眼皮因为紧张而习惯性地抖个不停。

"谢谢你，"马普尔小姐说，"我只带了个手提箱。"

年轻人没去拿手提箱，而是冲着正用手推车推行李的行李员打了个响指。

"把这个送出站，"接着他又强调了一句，"送到石门山庄。"

行李员爽快地说："行，路不是很远。"

马普尔小姐觉得年轻人似乎对行李员感到不满，行李员像是没把石门山庄当回事。

他说："铁路上的人真让人没话说！"

他带马普尔小姐向出口走。"我是埃德加·劳森，塞罗科尔德夫人让我来接你。我为塞罗科尔德先生办事。"

马普尔小姐觉得这个风度翩翩的年轻人在暗示他很忙，出于对老板夫人的殷勤，他把重要的事搁在一边才赶到了这里。

但感觉还是不太对——总有些演戏的成分在里面。

有必要好好琢磨琢磨埃德加·劳森这个人。走出车站，劳森把老太太带到一辆旧福特 V8 车旁。

他随口说了一句："你和我坐前排还是一个人坐后排？"这时意外发生了。

一辆闪闪发光的双排座宾利飞驰而来，停在福特车前。一个漂亮的年轻姑娘跳下车，朝他们走了过来。她穿着普通的灯芯绒裤和对襟衬衫，却依旧光彩照人。

"埃德加，你还在啊，我还以为赶不上了呢。看来你已经接到马普尔小姐了。我来送她过去。"她冲马普尔小姐一笑，南欧人特有的黝黑脸庞上露出一排皓齿。她说："我是卡莉·路易丝的外孙女吉娜。旅途怎么样？过得糟吗？你的网兜真好。我很喜欢这种提袋，我帮你拿网兜和大衣，让你稍微轻松一点。"

埃德加脸红了，向吉娜提出抗议。

"吉娜，接马普尔小姐的是我，原本是这样安排的……"

吉娜慵懒地一笑，又露出那排可爱的牙齿。

"埃德加，我知道，但我觉得我来会更好。她坐我的车，你负责把行李带回去。"

她关上马普尔小姐那一侧的门，跑到车的另一边，跳进驾驶座，迅速把车驶出车站。

马普尔小姐回头看了看埃德加·劳森的脸。

她对吉娜说："亲爱的，我觉得劳森先生不怎么高兴。"

吉娜笑了。

"埃德加是个白痴，"她说，"他总是一副自大的样子，其实什么都不是！"

马普尔小姐问："他是谁？"

"埃德加？"吉娜轻蔑的笑容中带着一丝残忍，"他是个疯子。"

"他是疯子？"

"石门山庄的人都是疯子，"吉娜说，"刘易斯、外婆、家里的男孩们和我不疯，贝莱弗小姐也不疯。但其他人都是些疯子。有时我觉得住在那儿我也快疯了。连米尔德里德姨妈散步时都在自言自语——教士的遗孀应该不会这样，难道不是吗？"

汽车飞驰着离开了站前的那条路，沿着平整而空旷的大道越开越快。吉娜飞快地瞥了一眼她的客人。

"你和外婆一起念过书，是吗？这点挺怪的。"

马普尔小姐完全能明白她的意思。年轻人很难想象他们这些乌发老人也曾年轻，也曾为了小数点的计算和英国文学而发奋苦读。想起来总会有点不可思议。

17

吉娜的语气充满尊敬，显然不愿太过唐突。"那一定是很久以前的事了吧？"

"没错，是的，"马普尔小姐说，"这点在我身上比你外婆身上更明显吧？"

吉娜点了点头。"这么说很贴切。外婆总给人一种没有年龄感的感觉。"

"好久没见她了。不知道她变化大不大。"

吉娜含糊地答道："她的头发已经灰白了。因为关节炎的原因走路得用拐杖，最近情况比较糟。我觉得——"她顿了下，转而问马普尔小姐，"你以前来过石门山庄吗？"

"从来没有。只是听过那里的一些事。"

"那里挺可怕的，"吉娜乐呵呵地说，"房子是哥特式的巨型怪兽，斯蒂夫说它是维多利亚时代的厕所。但从某种意义上讲，它也挺有趣的。房子里的人和物能让人发疯，到处是精神病医生，他们像童子军首领一样自得其乐，但生活环境相差很多。少年犯像宠物一样被圈养着。有人教我怎么用电线开锁，有个天使脸蛋的男孩教我怎么用短棒打人。"

马普尔小姐仔细思量着听到的话。

吉娜说："我喜欢恶棍，不喜欢怪人。刘易斯和马弗里克大夫认为他们都有些怪——他们俩认为这是愿望被抑制，家庭生活不怎么正常，或是母亲与士兵私奔等原因造成的。我倒不这么看，因为有些人的家庭生活也十分不幸，但长大后却很正常。"

马普尔小姐说："这是个很难解答的问题。"

吉娜笑了，再次露出她那排漂亮的牙齿。

"我倒并不担心。总有些人希望把世界变成更好的地方。刘易斯醉心于此——他下周要去阿伯丁，那里的治安法庭要审讯一个曾被五次定罪的男孩。"

"那个在车站接我的劳森先生呢？他告诉我他为塞罗科尔德先生做事。他是塞罗科尔德先生的秘书吗？"

"埃德加才不是当秘书的料呢。他曾经犯过事。以前常混迹于各大宾馆，装扮成志愿兵或战斗机飞行员，借了钱就溜。只是个小混混。可刘易斯对他们都很不错，让他们有种家庭的归属感，给他们工作以培养他们的责任心。但我总觉得，总有一天，他们中的哪个会把我们全杀了。"吉娜笑着说。

马普尔小姐却没有笑。

汽车穿过一扇有门卫值勤的大门，开入两边长满了杜鹃花的车道。路况非常差，路面上斑痕累累。

看到马普尔小姐的表情，吉娜连忙解释道："战时没请园丁，我们也不是太在意。看上去确实有点糟。"

绕过一个弯道，宏伟的石门山庄便展现在她们眼前。和吉娜所说的一样，这是幢维多利亚时代的哥特式住宅——像某个财阀的宫殿。这位财阀给这幢建筑增加了几处侧翼及一些附属建筑，风格虽然统一，却使大宅子失去了整体的一致性。

"不怎么样，对吗？"吉娜一腔怨气地说，"外婆在平台上。我把车停在这儿，你去见她吧。"

马普尔小姐沿着平台朝老友走了过去。

尽管扶着拐杖，但从远处看，卡莉·路易丝的身影依然那么娇小。感觉像年轻女孩以一种夸张的方式模仿老太太走路似的。

"简！"塞罗科尔德夫人嚷道。

"卡莉·路易丝，我亲爱的。"

没错，是如假包换的卡莉·路易丝。令人惊讶的是，她没怎么变，还是那么年轻。和姐姐不同，卡莉不用化妆品或任何人工手段。她的头发呈银灰色——她的头发原本就是银色的，几乎没怎么变。皮肤仍是玫瑰花似的白里透红，只是花瓣有些起皱了。她的眼神依旧纯洁无辜，体形如同年轻女孩一样苗条，头像要起飞的鸟一样微微前倾。

"这么多年没见错全在我，"卡莉·路易丝甜甜地说，"简，多年没见了。真高兴你能来。"

吉娜在平台那头说："外婆，该进屋了，天越来越冷——乔利会发脾气的。"

卡莉·路易丝发出银铃般的笑声。

她说："他们老是对我兴师动众的，欺负我是个老太婆。"

"可你并不这么想吧？"

"简，我当然不这么想。虽然全身上下不舒服，经历过很多事，但我的心和吉娜一样年轻。别人说不定也这样。镜子能诉说岁月的痕迹，但他们就是不信。现在回想起来，佛罗伦萨的事就像是几个月之前发生的。还记得弗劳琳·施瓦格和她的长筒靴吗？"

两个上了年纪的老妇人回忆着几乎半个世纪之前发生的事，禁不住笑了起来。

她们一同走进一个小门。门口有位瘦削的老太太，长着个傲慢的大鼻子，头发剪得很短，身穿裁剪得体、结实耐用的粗花呢裙。

她厉声道："卡拉①，你真是疯了，在外面待到现在。你完全没能力照顾自己。真不知道塞罗科尔德先生会怎么说。"

"乔利，别责备我。"卡莉·路易丝恳求道。

---

①卡莉的昵称。

她把贝莱弗小姐介绍给马普尔小姐。

"这是贝莱弗小姐，她是我的一切：护士、监护人、监察者、秘书、管家，还是一个忠实的朋友。"

朱丽叶·贝莱弗吸了吸鼻子，由于激动鼻头通红。

她生硬地说："我只能做些力所能及的事。这个家太疯狂了，我没法把所有事都安排得井井有条。"

"亲爱的乔利，当然没办法事事有条理。何必要那么尝试呢？你打算让马普尔小姐住在哪儿？"

"蓝室。我可以带她上去了吗？"贝莱弗小姐问。

"乔利，带她去吧。一会儿带她下来喝茶，今天茶点在书房吃。"

蓝室的窗帘很厚，华丽的蓝色织锦花缎已然褪了色。马普尔小姐想，该有五十多年了吧。家具大而结实，由红木制成，床是红木做的四柱床。贝莱弗小姐打开通向浴室的门。浴室出人意料地现代化，整体呈淡紫色，个别地方镀着明亮的铬。

她严厉地看了浴室一眼。

"约翰尼·雷斯塔里克和卡拉结婚时在这幢房子里新建了十个浴室，之后只是更换了些管道。他不同意对其他地方做改动——他说这里是上个时代的完美杰作。对了，你认识他吗？"

"不，从来没见过。我和塞罗科尔德夫人虽然通信但很少见面。"

"他很会做人，"贝莱弗小姐说，"但不是什么好人。他在家里表现得很好，很有风度。许多女人都喜欢他，最后却死在女人手里。和卡拉完全不是一路人。"

接着她粗鲁地问："女仆会替你整理行李。用茶点前想先洗漱一下吗？"

得到了肯定的答复后，她说会在楼梯口等待马普尔小姐。

马普尔小姐走进浴室，洗了洗手，然后略有些慌张地用淡紫色的毛巾擦干。她脱下帽子，整理了一下头发。

推开门，马普尔小姐发现贝莱弗小姐正在门外等着她。两人顺着宽敞却有些昏暗的楼梯下了楼，穿过同样昏暗的大厅，走进一个书架高到屋顶的房间，房间的窗户正对着人工湖。

卡莉·路易丝站在窗边，马普尔小姐走到她身旁。

"房子好大啊，"马普尔小姐说，"我都不知道哪儿是哪儿了。"

"是啊。真够荒唐的。这里最初是由一个发迹的铁匠建起来的，没多久他就破产了。这点并不奇怪。大约有十四个厅——全都很大。我觉得家里只需要一间客厅就够了。还有很多大卧室。完全没这个必要。我的卧室也大得让人发愁——从床边走到梳妆台要走很远的路。深红色的窗帘又大又重。"

"没让人把房子重新装修一下吗？"

卡莉·路易丝的表情略微有些惊讶。

"没有。与当初和埃里克住在这里时一样。只是重新粉刷了一下，用的是同一种颜色。这种事应该不重要吧？有那么多重要的事要做，何必把钱浪费在装修上呢？"

"除了粉刷之外，这幢房子没做过任何改动吗？"

"动过很多次。只有中间部分的房间之间的通道没动。我的第二任丈夫约翰尼十分喜欢中间部分的设计，就没让人动。他是个艺术家、设计师，懂得这些事情。不过东西两边的侧翼都进行了彻底的改建。隔出房间并分了区，改造成办公室、教员卧室什么的。男孩都住在学院楼——从这儿就能看见。"

透过树林，马普尔小姐看到几幢很大的红砖建筑。之后她的目光落在近处，兀自笑了笑。

"吉娜真是个漂亮姑娘！"她说。

卡莉·路易丝的脸上绽放出光芒。

"是很漂亮。"她轻声说，"让她回来真是太好了。战争开始时我把她送到美国，露丝那里。露丝谈起过她吗？"

"没说太多。只提了一下。"

卡莉·路易丝叹了口气。

"可怜的露丝！她对吉娜的婚事一定很生气。我告诉她在这点上我并不怪她。和我不同的是，露丝没能意识到婚姻中的等级观念和原有的那些问题都已经不存在了——从某种程度上来说，那些观念都已经过时了。

"吉娜在做与战争有关的工作时遇到了那个年轻人。他是个海军士兵，有着很好的参战履历。一周后他们便结了婚。的确是快了点儿，没有足够的时间去体会彼此是否适合——但当时那个年代就是这样。年轻人属于他们的时代。我们可能觉得他们挺傻的，但必须接受他们的决定。露丝却很生气。"

"她觉得那个年轻人跟吉娜不合适吗？"

"她说谁也不了解那个人。他来自中西部，没什么钱——自然也没工作。现在各处都是那样的年轻人——露丝觉得吉娜不该如此轻率地嫁人。但事情都过去了。我很高兴吉娜接受邀请和丈夫一起来这儿。这里的事情太多了——什么都缺人干。如果沃尔特想从医或拿个学位什么的，完全可以留在这儿。不管怎么说，这里是吉娜的家。她回来真好，有她这样热情快乐的人真是太好了。"

马普尔小姐点了点头，看了眼窗外，那对年轻人就在湖边。

"他们真是出众的一对！"她说，"吉娜真心地爱着他！"

"那……那不是沃利①，"塞罗科尔德夫人的话音里透着一丝尴尬，"那是约翰尼·雷斯塔里克的小儿子斯蒂芬。约翰尼去世以后，孩子们放假了就没地方可去，于是我让他们都来这儿。他们也觉得这里是他们的家。斯蒂芬在这里住了很长一段时间。他负责戏剧团——我们有个剧院，经常有演出。我们鼓励孩子们发挥出所有的艺术天赋。刘易斯说青少年犯罪主要是出于表现欲。大多数男孩的家庭很不幸，抢劫、盗窃能使他们觉得自己成了英雄。我们鼓励他们写剧本、演出、设计舞台并自行配色。斯蒂芬就负责这些人。他用心，也有热情，把戏剧活动搞得红红火火的，成效非常显著。"

"是这么回事啊。"马普尔小姐缓缓地说。

马普尔小姐的视力很不错（圣玛丽米德村的邻居吃过苦头后都深知这一点），她看见斯蒂芬·雷斯塔里克英俊的脸上有急切的神情。斯蒂芬正和吉娜说着话。吉娜背对窗户，马普尔小姐看不见她的脸。但斯蒂芬·雷斯塔里克的面部表情却是确定无疑的。

"我本不该插嘴，"马普尔小姐说，"但卡莉·路易丝，我猜你也意识到了，他喜欢上了吉娜。"

"哦，不……"卡莉·路易丝的表情很困惑，"不，我不希望发生这种事。"

"卡莉·路易丝，你总是后知后觉。这点是毫无疑问的。"

---

①沃尔特的昵称。

24

第四章

塞罗科尔德夫人没来得及再回应，她丈夫拿着几封打开的信从大厅走了过来。

刘易斯·塞罗科尔德个头不高，长相普通，但鲜明的个性使他显得卓尔不群。露丝谈到他时说他是个精力充沛的人。他全身心地投入到自己关注的人和事中，对周围的一切浑然不觉。

"亲爱的，我们受到了一次重大的打击，"他说，"杰基·弗林特的老毛病又犯了。我还以为如果给他一个改过自新的机会，他会变好呢。他确实想变好，他对铁路很感兴趣——我和马弗里克觉得，如果他在铁路上找份工作，或许会努力做好。可他又犯了老毛病，从包裹房里偷东西，还偷了些卖不出去、他自己也不需要的东西。肯定是心理上的问题。我们还没找到问题的症结所在，但我不会气馁的。"

"刘易斯——这是我的老朋友，简·马普尔。"

"你好。"塞罗科尔德先生显然没把心思放在马普尔小姐身上，"他们要提起诉讼，当然了，他是个好孩子，没什么头脑，但人不错。他的家庭很混乱，我——"

他突然停了下来，把注意力转移到客人身上。

"马普尔小姐，你能来和我们待上一阵我真是太高兴了。和昔日好友共处、回忆往事，这对卡罗琳十分重要。从许多方面来

25

说，她在这里很不开心——那些孩子的事很让人伤感。希望你能多住上一阵子。"

马普尔小姐觉得对方有一种磁力，她完全明白卡莉·路易丝为何会被这种磁力所吸引。毫无疑问，相对于家人来说，刘易斯·塞罗科尔德更看重事业。也许有些女人会对这种态度不满，但卡莉·路易丝不会。

刘易斯·塞罗科尔德又拿出一封信。

"无论如何，还是有些好消息的。这封信来自威特谢尔和萨默塞特银行。莫里斯在那儿干得很出色。银行的人对莫里斯非常满意，事实上，下个月他就要升职了。他需要的是责任感——学会如何和钱打交道，并明白这意味着什么。"

他转身看着马普尔小姐。

"很多年轻人不知道钱意味着什么。钱对他们而言就意味着去看电影、找女人或买烟抽。他们很擅长摆弄数字，在诈骗中感受兴奋。唉——让我说什么好呢？让他们亲身到银行体验——训练他们从事会计和与数字打交道的工作，让他们了解钱的真正价值。同时也让他们掌握一门技术，以正当的方式与金钱接触。我们就成功在这里。三十八个人里只有两个会让我们失望，另一个是药材公司的出纳——一个相当关键的岗位。"

说到这儿，他转身对妻子说："亲爱的，我们该去喝茶了。"

"我以为要在这儿喝呢。我让乔利把茶点端到这儿了。"

"不，去大厅喝。其他人都在那儿。"

"他们不是都出去了吗？"

卡莉·路易丝挽着马普尔小姐的胳膊，和她一同走进大厅。茶点和这里的环境似乎不怎么协调。托盘上放着茶具，白色茶盘中放着几只罗金汉和斯波德牌茶壶。茶盘上还放着一个面包、两瓶果酱和一些看上去不怎么样的廉价点心。

一位头发灰白、体形丰满的中年妇女坐在茶桌边，塞罗科尔德夫人对马普尔小姐说："简，这是我女儿米尔德里德，你从来没见过她吧。"

米尔德里德·斯垂特是马普尔小姐至今见过的与这幢房子最相衬的人——看上去华贵、有威严。近四十岁的时候，她和一个英国天主教堂的教士结了婚，现在是个寡妇。她的样子和人们想象中的教士遗孀一样：令人尊敬又有些呆板。她是个相貌普通的女人，一张大脸，双眼无神。小时候一定极其普通。

"这是吉娜的丈夫沃利·赫德。"

沃利是个高大的年轻人，头发梳得很整齐，表情却很阴沉。他尴尬地点了点头，然后往嘴里塞了几口蛋糕。

吉娜和斯蒂芬·雷斯塔里克一起走了进来，样子非常快乐。

"吉娜为背景处理想出了个天才的点子。"斯蒂芬说，"吉娜，你在舞台设计方面很有一套。"

吉娜笑了笑，显得非常高兴。接着埃德加·劳森走进大厅，坐在刘易斯·塞罗科尔德身旁。吉娜和他说话，他却装模作样不予理会。

马普尔小姐对这些人的关系感到困惑，她很期待回房后能躺下休息一会儿。

晚饭时又多了一些人。饭桌上多了个不知是精神病大夫还是心理学家的年轻人马弗里克——马普尔小姐也不太明白这两者之间的区别。马弗里克谈的几乎全是他那个行当的术语，马普尔小姐一点都听不懂。另外还有两个戴着眼镜的年轻教师，和一个叫

27

鲍姆加登的职业治疗师。除了这些人以外，吃饭时还有三个面露羞怯的少年犯，这周轮到他们来家里做客。有个金发碧眼的少年犯长得十分可爱，吉娜低声告诉马普尔小姐，他就是用短棒打人的那个孩子。

这顿饭吃得很不对味。烧菜的人马马虎虎，端菜的人也马马虎虎。连大伙穿的衣服都杂七杂八的——贝莱弗小姐穿着黑色的连衣裙；米尔德里德·斯垂特穿着晚礼服，外面套了件羊毛衫；卡莉·路易丝身穿灰色羊毛套装；吉娜穿着农妇装；沃利没换衣服，斯蒂芬·雷斯塔里克也一样；埃德加·劳森穿了一套整洁的深蓝色西服；刘易斯·塞罗科尔德穿着传统晚礼服。他吃得很少，几乎没怎么动盘子里的食物。

晚饭后刘易斯·塞罗科尔德和马弗里克医生去了医生办公室。职业治疗师和教师也各自回房了。三个"有案在身"的少年犯回学院去了。吉娜和斯蒂芬去剧院研究吉娜关于背景板的想法。米尔德里德漫无目的地织着衣服，贝莱弗小姐在补袜子。沃利靠在椅子上，一个人发呆。卡莉·路易丝和马普尔小姐谈论着恍若隔世的陈年往事。

只有埃德加·劳森没什么事可干。他一会儿坐下，一会儿站起来，显得焦躁不安。

他大声道："我不知道该不该去找塞罗科尔德先生，他也许需要我。"

卡莉·路易丝轻声说："应该不会。他今晚要和马弗里克医生谈一两件事情。"

"我自然不会闯进去！我从来不去那些不需要我的地方。白天去车站就是浪费时间，我根本不知道赫德夫人要去。"

"她应该早点告诉你的，"卡莉·路易丝说，"她也许是在最后一刻才决定去的。"

"塞罗科尔德夫人，她让我显得像个傻瓜！十足的傻瓜！"

"别这样，"卡莉·路易丝笑着说，"千万别这么想。"

"没人需要我，没人要我……这点我很清楚。如果情况有所不同——如果能找到生活中的位置，我的生命将极为不同。没在生活中找到自己的位置不全是我的错……"

"埃德加，"卡莉·路易丝感叹道，"别无缘无故跟自己过不去。简认为你去接她很好。吉娜总是凭着冲动做事——她不是存心想气你。"

"她是存心的。她就是想羞辱我。"

"埃德加——"

"塞罗科尔德夫人，你不了解事情的原委，我只能和你说再见了。"

埃德加走出去，用力甩上了门。

贝莱弗小姐嗤之以鼻道："真是太粗暴了！"

"他只是有些敏感罢了。"卡莉·路易丝说。

米尔德里德挑了下手中的编织针，声音尖利地说："这个年轻人太让人讨厌了。妈妈，你不该容忍他这种行为。"

"刘易斯说他也没办法。"

米尔德里德尖声道："谁都不能那么粗鲁。当然，这事更要怪吉娜。她干什么事都集中不了精力，只会到处惹麻烦。有时她鼓励一个年轻人学好，回头却又马上冷落他。她这样，还能指望其他人怎么样呢？"

这天晚上沃利·赫德第一次开口了。

他说："他是个疯子。这里全都是疯子！"

* * *

29

晚上，马普尔小姐在卧室里努力回想着石门山庄的状况，心里非常困惑。线索纵横交错——只是很难解释露丝·范·赖多克的不安预感。在马普尔小姐看来，卡莉没被周遭的事所影响。斯蒂芬爱上了吉娜，吉娜可能爱他，也可能不爱。沃利·赫德显然很不开心。这种事很多地方都发生过，没什么大不了的。最糟的莫过于上法庭离婚，双方的生活重新开始——新的纠纷又起。米尔德里德显然妒忌吉娜，也不喜欢她。马普尔小姐觉得这很自然。

她又想了一遍露丝·范·赖多克的话——卡莉·路易丝因为没孩子而失望，她领养了小皮帕，但很快发现自己怀孕了。

马普尔小姐的医生跟她说"这种事时有发生"。压力解除了，自然就会受孕成功。

医生还说这对领养的孩子来说不是件好事。

但现在不是这种情况。古尔布兰森和夫人十分宠爱小皮帕，她在他们心里的地位很牢固，不那么容易被取代。古尔布兰森早就当过父亲，父爱对他而言并非什么新鲜事。卡莉·路易丝渴望做母亲的想法也被皮帕缓和了。她怀孕期间不太顺利，生小孩又难产，吃了不少苦。向来不看重现实的卡莉·路易丝总是抱怨自己的第一次生产。

两个小姑娘一起成长，一个可爱有趣，另一个却沉闷难耐。马普尔小姐觉得这很正常。人们领养孩子时肯定会找个漂亮的。尽管米尔德里德也有可能长得像马丁家族的人，如漂亮的露丝，娇小的卡莉·路易丝，但自然选择却使她的长相更像古尔布兰森一家——高大健壮，样貌普通。

此外，卡莉·路易丝希望领养的孩子不要有自卑感。为了确保这一点，她对皮帕十分娇惯，这对米尔德里德来说很不公平。

皮帕婚后去了意大利，米尔德里德在相当长的一段时间里是家里唯一的孩子。皮帕去世后，卡莉·路易丝带着吉娜回到石门山庄，米尔德里德又一次成了多余的人。之后雷斯塔里克家的儿子们先后成婚。一九三四年米尔德里德与斯垂特教士结婚，他是个比妻子大十五岁的学究，两人在英格兰南部定居。也许这桩婚事使她开心了一些——但这种事谁也说不准。他们没要孩子。现在她又回来了，回到这幢生她养她的房子里。马普尔小姐觉得现在她也不会很开心。

吉娜、斯蒂芬、沃利、米尔德里德和贝莱弗小姐想过上平常的生活，但又没有能力自食其力。刘易斯·塞罗科尔德过得自在而快活。他是个理想主义者，也能够把理想变成现实。马普尔小姐没在这些人的个性里发现露丝所说的危险。卡莉·路易丝生活得很平静，游离于世事之外——她向来如此。露丝觉得哪里不对劲呢？简·马普尔也有这种感觉吗？

处在旋涡外部的有治疗师、教师、真诚可靠的杂工、自信的马弗里克医生、三个目光无邪的少年犯，另外还有埃德加·劳森……

入睡前，马普尔小姐让思绪暂停，回想着这个埃德加·劳森。劳森似乎让她想起了什么。他似乎有点不对头——也许还不止有点。他不那么合群——用"合群"这个词贴切吗？但再不合群也不会伤及卡莉·路易丝吧？

想到埃德加·劳森，马普尔小姐不禁摇了摇头。

让她担心的远不止这些。

第五章

第二天一早，马普尔小姐避开女主人独自走进花园。花园里的情景让她很沮丧。这里刚建好时一定非常漂亮：一簇簇杜鹃花，坡形的平整草坪，草本植物丛，被篱笆包围的玫瑰花坛。现在的花园则一片萧瑟。草地上长满了参差不齐的杂草，杂草间夹杂着些无名的野花，花园里的小路上长满了苔藓。这个花园显然很长时间没人照看了。花园对面是个围着红墙的菜园，菜园里的蔬菜长得非常好，菜地也打理得不错。这也许是因为菜园更有实用价值的缘故吧。另外，草坪中有一块被改建成了网球场和滚木球场地。

看着这个没人料理的花园，马普尔小姐不安地咋了咋舌，顺手揪起一把长势旺盛的野草。

还没来得及放下手中的杂草，埃德加·劳森已闯入她的视野。看见马普尔小姐，埃德加·劳森停下脚步，显得有些迟疑。马普尔小姐抓住这个机会，向他表示问候。埃德加·劳森见状走了过来，马普尔小姐问他是否知道整理花园的工具放在哪儿。

埃德加说附近有个园丁，园丁应该知道工具在哪儿。

"荒废成这样真是太令人遗憾了。"马普尔小姐低声说，"我很喜欢花园。"她不想让埃德加去找工具，赶忙接着说，"上了年纪的老太太只能拾掇拾掇花园。劳森先生，你有太多重要的工作，从没想过要整理花园吧？和塞罗科尔德先生共事一定非常有趣，是吗？"

他答复得非常快，似乎有点急切。

"对，很有趣。"

"你一定对塞罗科尔德先生帮助很大。"

他的脸色阴沉下来。

"这我不清楚。看他怎么想了……"

他沉默了。马普尔小姐若有所思地看着他。劳森穿着不合身的西装，神情忧郁，没人会看他第二眼，即使看了也不会留下什么印象。

花园里有把供人休息的长椅，马普尔小姐走过去坐下。埃德加皱着眉头站在她面前。

马普尔小姐爽朗地说："想必塞罗科尔德先生一定很依赖你。"

埃德加说："我不知道，我真的不知道。"他皱着眉，心不在焉地坐在她身旁，"我的地位非常尴尬。"

"这是自然。"马普尔小姐说。

埃德加出神地望着前方。

"都是些高度机密的事情。"他突然说。

"当然了。"马普尔小姐说。

"如果我有权——"

"怎么了？"

"也许可以跟你说……你不会传出去吧？"

"当然不会。"马普尔小姐注意到埃德加没等她否认。

"我父亲其实是个大人物。"

无须再说什么了，马普尔小姐要做的只是认真聆听。

33

"除了塞罗科尔德先生没人知道。万一传出去，会给我父亲惹麻烦的。"他看着马普尔小姐笑了笑，一个伤感而高贵的笑，"事实上，我是温斯顿·丘吉尔的儿子。"

马普尔小姐说："原来是这样啊。"

她的确明白了。她想起了圣玛丽米德村发生过一件令人伤心的事及其可怕的结果。

埃德加·劳森说个不停，那些话好似舞台上演出的一幕幕戏剧。

"之所以有今天是由很多原因造成的。我妈妈生活得很不自由，她丈夫进了疯人院，她不能离婚，也就没了再婚的可能性。我不怨他们。至少，我想我不会……他已经尽了全力。当然有些过于小心。问题便因此而起，他树敌不少——这些人同时也敌视我，他们不让我和他接触，还密切监视着我。我走到哪儿他们就跟到哪儿，还总制造麻烦。"

马普尔小姐摇了摇头。

"真是太可怜了。"她说。

"我曾在伦敦学医。他们改了我的考卷——把答案都改了，他们要我不及格。他们在街上跟踪我，在我房东面前搬弄是非，无论到哪儿都缠着我不放。"

"但你无法确定，是吗？"马普尔小姐心平气和地问。

"我就是知道！他们非常狡猾。我无法看到他们，也不知道他们是谁。但我一定会弄个水落石出……塞罗科尔德先生把我从伦敦带到这儿。他人很好——非常好。但这里也不安全。他们也在这儿，和我对着干，让别人讨厌我。塞罗科尔德先生说这不是真的——但他什么都不知道。或许——有时我会想——"

他闭上嘴站起身。

"这些都是秘密，"他说，"你明白这点，对吗？如果发现有人跟踪我——盯我的梢，你也许能告诉我那是谁。"

埃德加就这样忧郁地走了。马普尔小姐看着他的背影陷入了沉思……

"疯子，"身旁响起一个声音，"真是一派疯言。"

沃尔特·赫德出现在马普尔小姐身旁。他双手插在口袋里，皱起眉头看着埃德加走远的身影。

他说："这是什么地方？简直是疯人院，全都是些疯子。"

马普尔小姐没吭声，沃尔特又说："你觉得他怎么样？他说他爸是蒙哥马利勋爵。我看不可能，完全不可能！我听说的根本不是这么回事。"

"是啊，"马普尔小姐说，"的确不太可能。"

"他对吉娜说的是另一套——说他是俄国皇位的继承人，说他是公爵的儿子什么的。老天，他真的连自己的父亲是谁都不知道吗？"

"我认为他不知道，"马普尔小姐说，"这就是问题所在。"

沃尔特坐在她身边，慵懒地靠在椅子上，又重复了一遍刚才说的话。

"这里全都是些疯子。"

"你不喜欢住在石门山庄吗？"

年轻人皱起眉头。

"我只是弄不懂，我不明白为什么会这样。看看这个地方——这幢房子，这里所有的一切。这些人有钱。他们不缺钱，但看看他们过的日子，到处是有裂缝的瓷器和不值钱的物件，连个固定的帮佣也没有——只是雇了些人帮忙。壁毯、窗帘、坐垫确实是绸子的，可都破烂不堪！银质茶壶已发黑生锈，需要清

35

洗。塞罗科尔德夫人什么都不在乎。看看她昨晚穿的那身衣服。胳膊下面打了补丁，破了还在穿。她可以到店里想买什么就买什么，去邦德大街或别的什么地方都行。钱？他们还在乎钱吗？"

他停下话头，坐在椅子上深思起来。

"我知道受穷的滋味。那没什么不好。年轻力壮时肯干活就可以不受穷。我没多少钱，但能得到自己想要的，我要开个修车厂。我攒了点钱，和吉娜说过这事，她听了我的话，似乎明白我的意思。那时我不大了解她。穿军服的女孩看上去都一样。我是说看不出她们谁穷谁富。我认为她比我强，受的教育多些。但这并不重要。我们彼此倾心，后来结了婚。我有点钱，她告诉我她也有一些。我们回去要开个加油站——吉娜同意我的想法。我们深爱着彼此。但吉娜的势利眼姑婆却想从中作梗……这次吉娜说要来英国看她外婆，这很在理，这里是她家，再说我也想见识见识英国，我总听人说起这里。只是来看看——至少我原先是这么想的。"

他眉头越皱越紧，后来完全发怒了。

"结果根本不是那么回事。我们被这个可怕的地方缠住了。你们干吗不待在这儿——在这里成家立业？——他们竟这么说。我能干的工作有的是。工作？！我不要这里的工作，给那些小无赖糖吃，和他们玩游戏……这些有什么意义呢？这个地方的确很不错——真的不错。难道他们不知道世界上的大多数人并没有这么好的地方住吗？难道他们不知道自己非常走运吗？走运却不珍惜，这不是疯子吗？工作我不介意，但我希望以喜欢的方式去做自己喜欢的事——我会有所成就的。这地方总让我觉得像被困在了蜘蛛网上。吉娜——我弄不明白她。她不再是在美国和我结婚的那个女孩了。我没办法——没办法跟她交谈。真他妈的该死！"

马普尔小姐轻声说："我理解你的想法。"

沃利飞快地扫了她一眼。

"你是迄今为止唯一能和我交心的人。平时我像个蛤蜊一样沉默不语。我不知道你是个什么样的人——只知道你是英国人——真正的英国人。但不知为何，你总让我想起远在家乡的贝特茜姨妈。"

"这非常好。"

"她很有主见。"沃利沉思着说，"虽然看上去瘦得弱不禁风，但其实非常坚强。是的，夫人，我觉得她非常坚强。"

他站起身。

"抱歉以这种方式和你说话。"他道了歉。马普尔小姐第一次见他笑，动人的笑容使沃利·赫德突然从沉闷乏味的男孩变成一个英俊可人的年轻小伙子。"我必须找个人一吐为快。但对你唠叨不太好。"

"亲爱的孩子，没关系，"马普尔小姐说，"我有个外甥——不过比你大多了。"

她的思绪转移到世故而时髦的外甥，作家雷蒙德·韦斯特身上。韦斯特和赫德有着极大的反差。

"又有人来找你了，"沃尔特说，"那家伙不喜欢我。我走了，夫人。谢谢你和我聊天。"

他快步离去。马普尔小姐看到米尔德里德穿过草坪朝她走来。

斯垂特夫人坐下来，上气不接下气地对马普尔小姐说："我看见那个可怕的家伙在烦你。真是个天大的悲剧！"

"什么悲剧？"

"我是说吉娜的婚姻。真不该送她去美国。我当时就告诉我妈不该那么做。不管怎么说，这是个僻静的小地方，几乎没有罪案发生。我讨厌那些对家庭和自身不满的人，但现在这样的人太多了。"

马普尔小姐若有所思地说："在孩子的问题上，很难说怎样做算对。在德国人随时可能入侵的情况下，还是把他们送走为好——留在这里会受到炸弹的威胁。"

"别胡扯了，"斯垂特夫人说，"我们肯定会取得最终的胜利。我妈在吉娜的问题上总是很不理智。那孩子被惯坏了，一直很任性。根本没必要把她从意大利叫回来。"

"她父亲没反对吗？"

"你是说桑·塞维里诺吗？意大利人就那副德行。他们只关心钱，别的都是次要的。他和皮帕结婚只是为了钱。"

"唉……我还以为他非常爱她，在她死后悲痛不已呢。"

"那无疑是装的。我真不明白妈为什么同意皮帕嫁个外国人。多半是美国人的所谓豁达在作祟吧。"

马普尔小姐缓缓地说："我一直觉得卡莉·路易丝的生活态度太天真了。"

"我知道你的意思。这点让我很受不了。妈妈喜欢追求时尚，做人过于理想化。简姨妈，你根本不知道这意味着什么。我的话都有凭有据，我就是在她的异想天开中长大的。"

头一次听见有人称她"简姨妈"，马普尔小姐略微有些吃惊。不过这是当时的习俗，她送给卡莉·路易丝家孩子们的圣诞礼物上写着"简姨妈爱你们"，于是他们就把她叫成姨妈——如果有人还会想起她。马普尔小姐觉得孩子们多半不会想起她。

她看着身边的中年女性陷入了沉思。后者双唇紧闭，鼻子下面有几道很深的法令纹，双手紧握在一起。

她轻声问："你的童年一定很不顺吧？"

米尔德里德热切地看着她。

"能得到理解真是太让人高兴了。人们往往不知道孩子都经历了些什么。皮帕比我漂亮，还比我大，总是大家注意的焦点。她不需要鼓励就已经够出众了，但爸妈却还是鼓励她突出自己。我比较害羞——皮帕根本不知道什么是害羞。简姨妈，孩子在这种情况下通常会受到极大的伤害。"

"我了解。"马普尔小姐说。

"'米尔德里德真笨'，皮帕常把这句话挂在嘴边。我比她小，自然不能指望功课和她一样好。过于突出姐姐，对妹妹很不公平。"

"'多可爱的小女孩啊。'人们会这么对妈妈说，但从来不会注意我。父亲也爱和皮帕嬉戏玩耍。应该有人体会到我的不易。所有的关心和注意都给了她。当时我还太小，意识不到性格养成的重要性。"

她的嘴唇颤抖，之后语气重新强硬起来。

"这不公平——太不公平了——我也是他们的孩子。皮帕是领养的。我才是他们亲生的，她什么也不是。"

"也许正因为这样他们才对她过分娇惯。"

"他们只喜欢皮帕。"米尔德里德·斯垂特说。然后她又补充道："哪有父母不喜欢自己的孩子的——真是太不合理了。"

她接着说："然后这一切又延续到了吉娜身上，她骨子里也不是什么好东西，真是一脉相承啊。刘易斯可以有他那套关于环境的说法，但血脉总能说明问题。看看吉娜吧。"

"她是个可爱的姑娘。"马普尔小姐说。

斯垂特夫人说："行为上可不是。除我妈外，谁都看得出她和斯蒂芬·雷斯塔里克的关系。太恶心了，我承认她的婚姻的确不幸，但婚姻毕竟是婚姻，人必须忠于自己的配偶。无论如何，她已经和那个讨厌的年轻人结了婚。"

"他很可怕吗？"

"亲爱的简姨妈！他看上去简直像个歹徒。乖戾无礼，几乎不开口说话，粗俗又没教养。"

"我想他只是不开心罢了。"马普尔小姐温和地说。

"真不明白他为什么整天阴着脸——除了吉娜的不检点之外，该做的我们都为他做了。刘易斯提出了好几种让他发挥作用的办法，但他就是装模作样，什么也不干。"她突然大声说，"这个地方真让人受不了，太让人受不了了。刘易斯一门心思只想着那些年轻人，别的什么也不想。而我母亲只想着刘易斯。他做什么都对。看看这个花园，杂草丛生；还有这幢房子，该做的几乎都没做。我知道现在找用人不容易，但想找总能找到。这不是钱的问题，问题是没人管。如果这是我家——"她打住话头。

马普尔小姐说："我们必须面对时过境迁的境遇。这个大宅子的确存在很多问题。你对这个已经几乎不认识的家一定感到非常伤心。你真的喜欢住在这里吗？——有个自己的家会更好吧？"

米尔德里德脸红了。

"怎么说这里都是我家，"她说，"是我爸爸的家。没人能改变这一点。只要愿意，我就可以住在这里。我就要住在这里。要是妈妈没那么不可救药该有多好呀！她都不肯给自己买身合适的衣服。乔利为此十分发愁。"

"我正想问你关于贝莱弗小姐的事呢。"

"有她在简直是太好了。她敬重妈妈，服侍妈妈很长时间了——她是约翰尼·雷斯塔里克在的时候来的，在那件令人伤心的事中给了妈妈很多安慰。约翰尼和南斯拉夫女人跑了的事你知道吧——那个放荡的女人有很多情人。母亲平静又有风度，尽量不声不响地和他离了婚。甚至还让雷斯塔里克家的儿子们来这里度假，其实真没必要，完全可以做些别的安排。当然，让他们去找父亲和那个南斯拉夫女人不太妥当。无论如何，妈妈接纳了他们……贝莱弗小姐历经了所有这些事后，性格依旧刚强。有时我觉得她操心的事情太多，反而让妈妈显得很软弱。但我真不知没有她妈妈会怎样。"

她顿了一下，然后用惊讶的口气说："刘易斯来了，真奇怪，他很少来花园的。"

塞罗科尔德先生带着一贯的专注神情朝她们走来。他像是没注意到米尔德里德似的，一心只想着马普尔小姐。

他说："真是太抱歉了。我本想带你四处转转，看看这个机构。卡罗琳让我带你参观参观。但不巧，我要去利物浦处理一个孩子和铁路包裹房的事。我让马弗里克带你转转吧，他马上就来。我后天才能回来。如果能阻止他们起诉就太好了。"

米尔德里德起身离开。刘易斯·塞罗科尔德没在意她，他的目光透过厚厚的玻璃镜片死死地盯着马普尔小姐。

他说："地方法官们的视角总是不太对。有时他们太严厉，有时又判得太轻。对小伙子们来说，判几个月的刑倒也无关紧要，他们甚至觉得这样很刺激，可以对女朋友吹嘘一番。但判刑过重他们就会一蹶不振，后悔那么做太不值当。当然别坐牢最好。矫正性训练——让他们做些有助于身心的训练，比如我们这儿做的——"

马普尔小姐打断了他的话，她问："塞罗科尔德先生，你对年轻的劳森先生满意吗？他——这个人正常吗？"

刘易斯·塞罗科尔德的脸上浮现出不快的神情。

"真希望他没犯老毛病。他说了些什么吗？"

"他说他是温斯顿·丘吉尔的儿子。"

"又是老一套。你大概猜出他是个私生子了吧，他很可怜，出身卑微。一个伦敦的社团把他的案子交给我。他说大街上有个男人在监视他，便袭击了那个人。他的案子具有典型意义——马弗里克大夫会把具体情况告诉你的。我查过他的案宗。他母亲生于普利茅斯一个贫穷但受人尊敬的家庭，父亲是个水手，她甚至不知道他的名字。孩子是在十分艰苦的条件下养大的。年少时他便对父亲的身份想入非非，后来产生了幻觉，开始穿与他无关的制服、戴很多勋章——这种行为非常具有典型意义。马弗里克医生认为这种症状还有救，前提是得让他建立起自信。我让他负责一些事，想让他明白重要的不是出身而是能力。我努力帮助他树立自信心。他的进步也非常明显，我替他高兴。但你现在却说——"

他叹息着摇了摇头。

"塞罗科尔德先生，他会是个危险人物吗？"

"危险？他并没表现出任何自杀的倾向啊。"

"我不是指自杀。他和我谈起一些敌人，一些迫害他的敌人。请原谅我，但我认为这是个危险的信号，你说是吗？"

"我想没那么严重。不过我会和马弗里克谈谈，迄今为止他一直有望恢复——很有希望。"

他看了看表。

"我必须走了。亲爱的乔利过来了,她会照顾好你的。"

贝莱弗小姐轻盈地走了过来,她说:"塞罗科尔德先生,接你的车停在门口了。马弗里克大夫从学院打来电话,我告诉他我会带马普尔小姐过去,他会在门口接我们。"

"多谢。我得走了,我的手提箱呢?"

"在车里,塞罗科尔德先生。"

刘易斯匆匆地走远了。贝莱弗小姐看着他的背影说:"总有一天这个人会栽倒在事业上。人总要放松和休息一会儿,可他一天只睡四个小时。"

马普尔小姐说:"他确实全情投入在事业之中。"

贝莱弗小姐忧心忡忡地应道:"其他什么都不想。从来没想到要照顾妻子,也从来没替她想过任何事。马普尔小姐,他妻子是个十分可爱的人,应当得到爱和关心。但在这里,人们都只想着那些爱发牢骚、贪图轻松生活、靠欺诈为生的年轻人,那些人根本不想靠艰苦的工作生活。而那些从体面家庭出来的孩子该怎么办呢?为什么没人理睬他们?对于塞罗科尔德和马弗里克大夫这种怪人,以及那些多愁善感的人来说,正直毫无意义。马普尔小姐,我和我的兄弟们过惯了苦日子,但我们从来不发牢骚。这世道,只知道同情软蛋!"

她们穿过花园,经过栅栏中间的门来到拱门前。这是当年埃里克·古尔布兰森为学院修建的入口。红砖大楼建得很结实,但并不雅致。

马弗里克医生出门迎接她们。在马普尔小姐看来,马弗里克医生有点神神道道的。

"谢谢你,贝莱弗小姐。"他说,"马普尔小姐,我觉得你肯定会对我们所做的事感兴趣。我们正走在成就事业的伟大道路上。塞罗科尔德先生很有洞察力——非常有远见。我的老上级约翰·史迪威爵士也很支持我们。他在内务部工作，直到退休，如果没有他，这里的事业可能还没开始呢。这是个医学问题——我们必须让法律界权威明白这一点。精神病学在战争时期得以全盛发展，我们相信治疗能使他们洗心革面——现在，我想先让你看一下解决这个问题的第一步。请您往上看。"

马普尔小姐抬起头，看见拱形门廊上刻着一行字——"入此地者皆能恢复"。

"是不是很棒？我们要的不就是这个吗？这些年轻人需要的不是责备，不是惩罚。他们已经被惩罚得够多了。我们要让他们意识到自己是多么好的人。"

"像埃德加·劳森一样吗？"马普尔小姐问。

"他是个有趣的例子。你和他聊过了吗？"

马普尔小姐说："聊过了。"她抱歉地补充了一句，"我觉得他有点疯狂。"

马弗里克医生开心地笑了。

"亲爱的女士，人人都有点疯狂因子。"他边说边把她领进门，"这是生存的秘密。世上的人都有点疯狂。"

第六章

总体来说这是很累的一天。

热情本身就令人疲惫，马普尔小姐琢磨着。她对自己及自己的反应略微有些不满意。石门山庄存在一种模式——兴许还不止一种，但她什么都看不出来。她隐约感觉到的不安都围绕着忧郁却不引人注目的埃德加·劳森。真希望能在记忆中找出一个和埃德加·劳森对应的人物来。

不像塞尔科克公司形迹可疑的送货人，不像心不在焉的邮递员，不像周一在威特家工作的园丁，也不像夏天那位造成一系列奇案的元凶。

有些事她完全捉摸不透，但埃德加·劳森肯定有问题——这个问题光靠观察明白不了。就经验来看，马普尔小姐觉得无论出什么事都牵扯不到她的朋友卡莉·路易丝。在石门山庄混乱的生活中，人们的麻烦和奢望彼此相连，但这些事（据她所知）都和卡莉·路易丝无关。

卡莉·路易丝……马普尔小姐突然意识到，除了不在这儿的露丝之外，只有她用这个名字称呼路易丝。对她丈夫而言，她是卡罗琳；贝莱弗小姐称她为卡拉；斯蒂芬·雷斯塔里克称她为"夫人"；对沃利来说，她是塞罗科尔德夫人；吉娜则称她为外婆——她说这是外祖母和奶奶的综合称呼。

这些对卡罗琳·路易丝·塞罗科尔德的不同称呼有什么讲究吗？对所有人而言，她是不是仅仅是个象征，而不是个真正的人呢？

第二天一早，卡莉·路易丝走路时脚步略有些迟缓，她走到花园里，坐在朋友身边，询问她在想什么。马普尔小姐的答案来得非常快。

"卡莉·路易丝，我在想你呢。"

"想我干什么？"

"老实告诉我，这里有什么事让你担心吗？"

"让我担心？"她眨着那双清澈的蓝眼睛，疑惑地说，"简，我会担心什么呀？"

"大多数人都有烦恼。"马普尔小姐眨了眨眼，"我就有。我很爱偷懒。衣服补得不好，用李子做杜松子酒时总忘记加糖。这样那样的小事非常多——没烦心事反倒不正常。"

塞罗科尔德夫人含糊地回答道："的确有些不那么让人开心的事。刘易斯工作太卖力，斯蒂芬整天为剧院奔波，有时顾不上吃饭，吉娜反复无常……但我没办法改变别人——我不认为自己能改变别人，因此担心也于事无补，你说对吗？"

"米尔德里德也不快乐，你知道吗？"

卡莉·路易丝说："她向来不快乐。小时候她就很忧郁，皮帕就不一样，皮帕总是容光焕发。"

马普尔小姐试探着说："米尔德里德的不快乐也许有什么原因吧？"

卡莉·路易丝平静地回答："因为妒忌吗？我觉得是。但人的感受不一定有理由，人的感受都是自然产生的。简，你不这么想吗？"

马普尔小姐的脑子里闪过被残疾母亲奴役的蒙克里夫小姐。可怜的蒙克里夫小姐，她十分渴望出去看世界。蒙克里夫夫人去世后，收入甚微的蒙克里夫小姐终于解放了，圣玛丽米德村的人都为她感到高兴。蒙克里夫小姐到达耶尔^① 时，给"妈妈的一个老友"打了个电话，结果她被这个患了忧郁症的老妇人的痛苦所打动，取消了旅游的行程安排。她住进那个老友的别墅，整日操劳，继续渴望一览外面的世界。

马普尔小姐说："卡莉·路易丝，我想你说得对。"

"我能超脱事外与乔利分不开。我和约翰刚结婚时她就来了，她一来就对我很好。她无微不至地照顾我，把我当成无助的孩子。她会为我做任何事。有时我感到很过意不去。简，我真觉得乔利会为了我去杀人。这么说是不是太可怕了？"

"她的确忠心耿耿。"马普尔小姐肯定地说。

塞罗科尔德夫人开心地笑了。"她很生我的气。她希望我买漂亮衣服，过奢华的日子，她认为所有人都应该把我放在第一位，对我多关注些。她对刘易斯热心的事业一点都不感兴趣。在她眼里，那些可怜的孩子只是被宠坏了的少年犯，根本不值得关心。她认为这里太潮湿，不利于我的风湿病，我该去埃及或其他温暖干燥的地方去。"

"你的风湿病很厉害吗？"

"最近一段很严重，走路都困难。腿上出现了可怕的痉挛。"说着她露出有魔力般的天使笑容说，"毕竟岁月不饶人呀。"

贝莱弗小姐走过法式长窗，匆匆向她们走来。

"卡拉，有人打电话说来了封电报。克里斯蒂安·古尔布兰

---
①法国旅游胜地。

47

森，今天下午到。"

"克里斯蒂安吗？"卡莉·路易丝的表情很惊讶，"没想到他会在英格兰。"

"安排他住在橡树客房里吧？"

"好，就这么安排。那里不用走楼梯。"

贝莱弗小姐点了点头，然后转身回房。

卡莉·路易丝说："克里斯蒂安·古尔布兰森是我的继子，他是埃里克的大儿子。其实他比我还要大两岁。他是学院的理事——几名最主要的理事之一。刘易斯不在实在是太不巧了。克里斯蒂安在这儿一般只待一个晚上。他很忙，他们肯定要讨论许多事情。"

克里斯蒂安·古尔布兰森来的时候正赶上喝下午茶。他的五官鲜明，说话慢条斯理，问候卡莉·路易丝时充满了关爱。

"我们的小卡莉·路易丝还好吗？你一点也不显老，一点也不。"

他把手放在卡莉·路易丝的肩上——笑眯眯地低头看着她——另一只手扯着卡莉的袖子。

"克里斯蒂安！"

"哦，"他转过身，"是米尔德里德吧？你好吗，米尔德里德？"

"最近不怎么好。"

"真不幸，真是太不幸了。"

克里斯蒂安·古尔布兰森和他同父异母的妹妹长得非常像。他们相差近三十岁，不留心的话会把他们当成父女。米尔德里德对他的到来十分欢喜，高兴得脸都红了，话也变多了。她不断地在谈话中提到"我哥哥""我哥哥克里斯蒂安""我哥哥古尔布兰森先生。"

古尔布兰森转过脸问吉娜："小吉娜怎么样？你和丈夫还住在这儿吗？"

"是的。我们已经安定下来了。沃利，你说是吗？"

"差不多吧。"沃利回答道。

古尔布兰森那双狡猾的小眼睛迅速地打量了沃利一下。沃利像往常一样闷闷不乐。

古尔布兰森说："终于又和全家人团聚了。"

他的话音非常友好，但马普尔小姐觉得他的态度并不友好。他的嘴角刚毅，神情专注。

介绍到马普尔小姐时，他仔细地看了看她，像是在琢磨着这位新来的人。

"克里斯蒂安，没想到你会在英格兰。"塞罗科尔德夫人说。

"我来得的确很突然。"

"真不巧刘易斯不在。你会待多久？"

"我想明天走。明天之前他能回来吗？"

"明天下午或晚上回来。"

"看来我得多待一晚上了。"

"如果你早点让我们知道——"

"亲爱的卡莉·路易丝，我的安排总是很突然。"

"你会留下见刘易斯吗？"

"是的，我得见见刘易斯。"

贝莱弗小姐对马普尔小姐说："古尔布兰森先生和塞罗科尔德先生都是古尔布兰森学院的理事，另外还有克罗默主教和吉尔福伊先生。"

看来，克里斯蒂安·古尔布兰森是为和古尔布兰森学院有关的事来石门山庄的。贝莱弗小姐和别人似乎都这么想。

但马普尔小姐却有些怀疑。

老人在卡莉·路易丝没有察觉的情况下迷惑地看了她两眼——马普尔小姐对此感到非常费解。接着，他把目光从卡莉·路易丝转移到其他人身上，暗中打量他们，举动很不自然。

喝完茶后，马普尔小姐悄悄离开众人走进书房。令她惊讶的是，等她坐下开始织毛衣后，克里斯蒂安·古尔布兰森在她身边坐下了。

"你是卡莉·路易丝的老朋友，对吗？"他问。

"古尔布兰森先生，我们小时候一起在意大利念书。那是许多年以前的事了。"

"哦，这样啊。你很喜欢她吗？"

"是的，我的确很喜欢她。"马普尔小姐热情地回答。

"人人都该喜欢她，我真这么想。她是个可爱而魅力四射的女人。我父亲与她结了婚，我和弟弟们都十分爱她。她像我们的大姐姐。她忠于父亲，忠于他的理想。她从来不考虑自己，总把别人的事放在前面。"

"她一直是个理想主义者。"马普尔小姐说。

"理想主义者？对，是这样的，因此她没意识到这个世界上的罪恶。"

马普尔小姐惊奇地看着他。后者的表情十分严肃。

他突然问："她的健康状况怎么样？"

马普尔小姐又一次感到惊讶。

"除了关节炎或类风湿病之外，状况很好。"

"风湿？对，她是有这病。她的心脏呢？她的心脏还好吗？"

马普尔小姐更惊讶了。"据我所知还不错。不过到昨天为止，我已经有许多年没见过她了。如果你想了解她的健康状况，该去问别的什么人，比方说贝莱弗小姐。"

"贝莱弗小姐——是的，贝莱弗小姐，或者米尔德里德？"

"对，也可以问问米尔德里德。"

马普尔小姐稍微有些尴尬。

克里斯蒂安·古尔布兰森严肃地看着她。"这对母女没什么感情，你说是吗？"

"是的，我觉得没有。"

"我也这么看。太遗憾了——她只有这么一个孩子，但事情就是这样。再说说贝莱弗小姐，你觉得贝莱弗小姐依恋她吗？"

"的确很依恋。"

"卡莉·路易丝凡事都要靠贝莱弗小姐吗？"

"我想是的。"

克里斯蒂安·古尔布兰森皱起眉头，他更像在同自己而不是同马普尔小姐谈话。

"还有小吉娜，她还年轻。太难办了——"他停了一下，又断然道，"有时真不知该怎么办才好。我真希望能想出个好法子。卡莉·路易丝别受到什么伤害才好。但这太难……太难了。"

这时斯垂特夫人进来了。

"克里斯蒂安，你在这儿啊。我们不知道你去哪儿了。马弗里克大夫想问你有没有事要和他说。"

"是那位新来的大夫吗？没事——没什么事，等刘易斯回来再说。"

"他在刘易斯的书房里等你，要不要我去告诉他……"

"我亲自去说。"

古尔布兰森匆匆走了出去。米尔德里德盯着他的背影，然后把目光转向马普尔小姐。

"不知道出什么事了。克里斯蒂安有些反常……他有没有对你说什么？"

"他只问了问你母亲的健康状况。"

"健康？为什么问你这种事？"

米尔德里德的声音尖利，脸涨得通红。

"我真不知道。"

"妈妈的身体很好。对于她这个年纪的女人来说好得令人惊讶，甚至比我都好。"她停顿了一下，又接着往下说，"你是这么和他说的吧？"

马普尔小姐说："我对她的健康状况一无所知。他问我她的心脏好不好。"

"她的心脏？"

"是的。"

"妈妈的心脏一点毛病都没有。根本没问题！"

"听你这么说我很高兴，亲爱的。"

"克里斯蒂安为什么要问如此怪异的问题啊？"

"我不清楚。"马普尔小姐说。

第七章

1

从表面上看，第二天平安无事地过去了，但马普尔小姐觉得有暗流涌动。克里斯蒂安一早上都和马弗里克大夫一起在学院里走动，讨论学院政策的成效。下午早些时候，吉娜开车带克里斯蒂安出去兜了一圈，之后马普尔小姐发现他把贝莱弗小姐引到花园，让她带他看什么东西。马普尔小姐觉得这是个借口，其实他是想和那个不怎么开心的女人进行一次私人谈话。如果克里斯蒂安·古尔布兰森的不期而至只是商谈学校业务的话，他为什么要找贝莱弗小姐呢？后者只负责处理石门山庄的家务事啊。

马普尔小姐告诉自己，所有这些都出于自己的想象。唯一让人不安的事发生在下午大约四点钟。她收起正在织的东西，想在下午茶前去花园散个步。绕过一簇十分茂盛的杜鹃花时，她遇见了埃德加·劳森。埃德加一边往前走一边自言自语，差点儿一头撞上她。

他飞快地说："真是对不起。"但马普尔小姐从他的眼神里发现了一丝呆滞。

"劳森先生，你不舒服吗？"

"怎么会舒服呢？我受到了惊吓——可怕的惊吓。"

53

"什么样的惊吓呢？"

年轻人朝她身后飞快地扫了一眼，又不安地向两边张望，这样的动作使马普尔小姐觉得他很紧张。

"应该能告诉你吧……"他将信将疑地看着她，"我不知道，我真不知道。我只知道我被人监视着。"

马普尔小姐打定主意，她一把抓住劳森的胳膊。

"我们沿着这条路往前走，那里没树也没灌木林，没人可以偷听。"

"你说得对，我们去那儿吧。"他低下头，深吸了一口气，几乎是用耳语般的低声说，"我发现了一件事，一件可怕的事。"

埃德加·劳森全身发抖，几乎要哭了。

"他们让我相信人，信任人，但那是撒谎。谎言让我看不到真相。我再也受不了了。真是邪恶透顶。他是我唯一信任的人，到头来我却发现他一直是操纵者。他才是我真正的敌人！他让人跟踪我、监视我。但他现在逃不掉了。我会全都说出来。我会告诉他我知道他做了些什么。"

"你说的'他'指谁？"马普尔小姐问。

埃德加·劳森挺直了身体，想显得义愤而伤心，看上去却更加荒唐了。

"当然是说我父亲。"

"蒙哥马利勋爵还是温斯顿·丘吉尔？"

埃德加不屑一顾地瞟了她一眼。

"他们希望我这么想，为的是不让我知道真相。现在我知道了。我有个朋友——一个真正的朋友。这位朋友告诉了我真相，让我知道自己是怎么被骗的。我得和我父亲算账。我要当众揭穿他的谎言！用实情来问他，看看他到底会怎么说。"

埃德加像挣脱束缚一般，一溜烟跑了，消失在花园里。

马普尔小姐神情严肃地回到房里。

"亲爱的女士，我们都有点疯。"马弗里克大夫曾这么说过。

可在马普尔小姐看来，埃德加不止如此。

2

刘易斯·塞罗科尔德六点半的时候回来了。他把车停在大门口，穿过花园朝家里走来。马普尔小姐透过窗户向外看，看见克里斯蒂安·古尔布兰森出门见他，两人打过招呼后在阳台上闲晃。

马普尔小姐很仔细，她把平时观鸟的望远镜带来了，这时望远镜派上了用场。哪片树丛里没有金丝雀呢？

镜头徐徐下降，她发现两人都很不安。她把身子往外斜了点。两人的对话断断续续地传入耳中。即便其中一人抬头看，也会认定楼上那位聚精会神的观鸟人注意的是远处的动静而不是他们的谈话。

"怎么才能不让卡莉·路易丝知道呢——"古尔布兰森说。

两人又一次走过窗下时，轮到刘易斯·塞罗科尔德说话了。

"尽量别让她知道。必须考虑她的感受……"

马普尔小姐还零星听到其他一些话。

"——严重——""——不公正——""——无法承担这个责任——""——我们也许应该听听外界的建议——"

最后马普尔小姐听见克里斯蒂安·古尔布兰森说："太冷了，我们进屋吧。"

马普尔小姐把头缩回来，心里充满着疑惑。听到的话太零散，很难拼凑在一起，但足以证实在她脑海里形成的担忧。看来露丝·范·赖多克并没说错。

无论石门山庄出了什么事，这事都和卡莉·路易丝有关。

3

不知为何，那天的晚饭气氛非常拘谨。古尔布兰森和刘易斯各怀心事。沃尔特·赫德比以往更不高兴。吉娜和斯蒂芬头一次没了话说，也没和别人说话。说话的只有马弗里克大夫，他与专业治疗师鲍姆加登先生长篇大论地谈了些技术问题。

晚饭后众人去了大厅，克里斯蒂安·古尔布兰森说自己要离开一会儿。他说有封重要的信要写。

"亲爱的卡莉·路易丝，很抱歉，我要回自己的房间了。"

"你要的东西都备齐了吧？"

"是的，都有了。我要台打字机，已经放好了。贝莱弗小姐做事很认真。"

他从左边通向主楼梯的门走出去，沿着一条走廊往前走，走廊的尽头是卧室及浴室。

克里斯蒂安出门后，卡莉·路易丝问："吉娜，今天晚上不去剧院了吗？"

吉娜摇摇头，坐在能俯视门前车道和院子的窗户边。

斯蒂芬看了她一眼，慢慢走到钢琴边坐下，轻柔地弹了首曲子，曲调有些莫名的感伤。职业治疗师鲍姆加登先生和莱西先生及马弗里克大夫道过晚安后也走了。沃尔特打开台灯，一阵噼啪声，大厅里一半的灯都灭了。

他嘟囔了一句："该死的开关老出问题。我去换根新保险丝。"

他走出大厅，卡莉·路易丝低声说："沃利真会摆弄那些电子玩意儿。还记得他是怎么修烤箱的吗？"

"他在这儿就干了这一件事，"米尔德里德·斯垂特说，"妈妈，你吃过补药了吗？"

贝莱弗小姐看上去有些生气。

"我真给忘了。"她站起身，走进餐厅，拿来个盛着玫瑰色液体的小瓶。

卡莉·路易丝笑了笑，顺从地伸出手。

"这种吓人的东西，你们谁都不会忘。"她一边说话一边做了个鬼脸。

刘易斯·塞罗科尔德出人意料地说："亲爱的，今晚你就别吃了，我不知道它是否适合你。"

他镇定却不由分说地把小瓶从贝莱弗手中拿下，放在威尔士风格的橡木梳妆台上。

贝莱弗小姐厉声道："塞罗科尔德先生，我不同意你的看法。塞罗科尔德夫人的情况好多了，自从——"

她停下来，表情非常生气。

大门猛地被人推开，由于用力太大，门"砰"地响了一声。埃德加·劳森走进灯光暗淡的大厅，像一个明星登场。

他站在屋子中央，摆出一副煞有介事的样子。

情形似乎有些荒唐——但不算太荒唐。

埃德加像在念台词："我可找到你了，哦，我的敌人！"

他显然是在对刘易斯·塞罗科尔德说话。

塞罗科尔德先生显得有些吃惊。

"什么事，埃德加，你究竟怎么了？"

"你怎么能这么对我说话呢？你知道怎么回事。你欺骗我，监视我，和我的敌人一起陷害我。"

刘易斯一把抓住他的手臂。

"亲爱的，别激动。静下来和我说。来我的办公室吧。"

他领着埃德加穿过大厅，走过右边的门，又把门关上。之后又一声响，钥匙在锁里转动，尖利地响了一声。

贝莱弗小姐看了看马普尔小姐，两人的想法一致：用钥匙锁门的不是刘易斯·塞罗科尔德。

贝莱弗小姐大声说："在我看来，那个年轻人简直疯了。这很不安全。"

米尔德里德说："他是这里最不正常的家伙——完全不会回应别人的好意。妈妈，你决不能容忍他再这样下去了。"

卡莉·路易丝轻轻地叹了口气，低声说："他不会有什么危险的。他喜欢刘易斯，非常喜欢。"

马普尔小姐好奇地看着卡莉，埃德加刚刚冲刘易斯·塞罗科尔德发脾气时她可根本看不出他喜欢他，完全不可能。马普尔小姐像以往一样，不明白卡莉·路易丝是不是在故意否定现实。

吉娜大声说："他口袋里有什么东西，我是说埃德加。他刚才一直在摆弄那个东西。"

斯蒂芬把手从钥匙上拿开，低声说："如果在电影里，肯定会演成是一把左轮手枪。"

马普尔小姐咳嗽了一声，说："应该是把左轮手枪。"

从刘易斯办公室紧闭的门后传来的声音不怎么好分辨。突然，声音清晰起来。埃德加·劳森在大声叫喊，刘易斯·塞罗科尔德的声音则依旧充满理智。

"谎言——谎言，全是谎言。你是我父亲。我是你的儿子。

你剥夺了我的权利。我应当是这里的主人，你恨我——想甩掉我！"

刘易斯低声安慰他，但埃德加歇斯底里的喊声却越来越高。埃德加不时说些脏话，显然已经失去了理智。刘易斯会说上两句"镇定——安静下来，你知道这不是真的——"，但这些话不但没有安抚年轻人，反而让他更愤怒了。

大厅里的人都不知该怎么办才好，只得静静地听着刘易斯办公室锁着的门后的动静。

埃德加大叫："我让你好好听我说的话，把你脸上傲慢的假面具完全剥除。我要报仇。为你让我遭受的这一切报仇。"

刘易斯一改刚才漠然的语气。

"把左轮手枪给我放下！"

吉娜大嚷："埃德加会杀了他。他疯了。我们不该去找警察或别的什么人吗？"

卡莉·路易丝不慌不忙地轻声说："吉娜，不用担心。埃德加爱刘易斯，他不过是在演戏，就是这么回事。"

埃德加的笑声隔着门传了过来，马普尔小姐承认，听起来他的确疯了。

"对，我有把左轮手枪——一把上了膛的枪。别动，也别开口说话。你必须听我说。既然设计阴谋陷害我，你就得为此付出代价。"

此时，传来一声枪响，众人一惊，但卡莉·路易丝却说："没关系，声音来自外面——应该是停车场里传来的声音。"

埃德加还在锁着的门后尖声怒吼。

"你坐在那儿看着我——看着我，却装作无动于衷。你干吗不跪下来求我开恩？我要开枪了。我要把你打死！我是你儿

59

子——你那无名无分、受人鄙视的儿子，你想把我藏起来，不让全世界发现。你让侦探跟踪我、监视我、百般陷害我。你，我的父亲！我的好爸爸。我是个杂种，对吗？只是个杂种。你一直用谎言蒙蔽我，一直装作对我好，你一直这样欺骗我——你不配活下去。我不会让你活着的。"

门后再次传来一连串脏话。贝莱弗小姐出了声："我们必须做些什么。"之后便走出了大厅。

埃德加停下来喘了口气，然后又大叫道："你快死了——现在就要死了。你这个恶魔，赶快受死吧！"

两声尖厉的枪响——不是在停车场，绝对是从锁着的门后传来的。

有人长叹一声，马普尔小姐觉得是米尔德里德。

"上帝呀，该怎么办呀？"

砰的一声响，接着传来更为可怕的声音，是粗重的抽泣声。

有人从马普尔小姐身边走过，开始用力摇动那扇门。

是斯蒂芬·雷斯塔里克。

"开门，开门。"他叫嚷着。

贝莱弗小姐回到大厅，手里拿着一大串钥匙。

"试试这些钥匙。"她上气不接下气地说。

这时，接上保险丝的灯又亮了，大厅摆脱阴暗，重新焕发出生机。

斯蒂芬开始试那些钥匙。

试钥匙时，屋里的钥匙掉在了地上。

里面传来一阵绝望的抽泣声。

沃尔特·赫德懒洋洋地返回大厅，顿时愣在当场，他疑惑地问："究竟发生了什么事？"

米尔德里德眼泪汪汪地说："那个可怕的疯子打死了塞罗科尔德先生。"

"让开。"卡莉·路易丝开口说话了。她起身走到书房门口，轻轻把斯蒂芬·雷斯塔里克推到一旁。"让我来和他说。"

她小声地说："埃德加……埃德加……让我进去，行吗？求你了，埃德加。"

钥匙放进锁里，转动之后门慢慢被打开了。

但不是埃德加开的门，开门的是刘易斯·塞罗科尔德。他喘着粗气，好像刚刚跑过步，除此之外看不出什么异常。

"没事，亲爱的。"他说，"亲爱的，没事了。"

贝莱弗小姐生气地说："我们以为你被打死了呢。"

刘易斯·塞罗科尔德皱了皱眉，有些严厉地说："我当然没被打死。"

书房里的情况一目了然。埃德加·劳森倒在桌旁，正一边抽泣一边喘息。左轮手枪扔在地上。

米尔德里德说："但我们听见了枪响。"

"对，他开了两枪。"

"没打中你吗？"

"当然没打中我。"刘易斯断然否认。

但马普尔小姐觉得没那么理所当然，射击的距离肯定相当近。

刘易斯·塞罗科尔德气愤地说："马弗里克大夫在哪儿？现在我们需要马弗里克大夫。"

贝莱弗小姐说："我去找他。要给警察打个电话吗？"

"警察吗？当然不用。"

米尔德里德说："当然要打电话给警察，他很危险。"

刘易斯·塞罗科尔德说："危险什么？可怜的孩子。他看上去危险吗？"

此时的埃德加看上去的确不那么危险，他年轻，忧郁，只是令人生厌。

他的声音里失去了刻意的伪装。

埃德加呻吟着说："我不是有意的。我不知被什么控制了，说了那样一番话——我一定是疯了。"

米尔德里德哼了一声。

"我刚才一定是疯了。我不是有意的，求你原谅我，塞罗科尔德先生，我真不是有意的。"

刘易斯·塞罗科尔德拍了拍他的肩膀。

"没关系，我的孩子。没人受伤。"

"塞罗科尔德先生，我差点儿杀了你。"

沃尔特·赫德穿过书房走到桌后的墙边。

"子弹打在这儿了。"埃德加说。目光落到桌子上，然后又落到桌后的椅子上。"真的是只差一点。"他又说，"我失去了理智，不知道自己在干什么。我认为他夺走了我的一些权利。我认为——"

马普尔小姐问了个她早就想问的问题。她问："谁告诉你塞罗科尔德先生是你父亲的？"

埃德加扭曲的脸上闪出一丝狡猾的表情，但转眼就消失了。

他说："谁也没说，是我自己想到的。"

沃尔特·赫德盯着躺在地上的左轮手枪。

"老天，你从哪儿弄到这把枪的？"他问。

"枪？"埃德加低头看着枪。

"看上去像是我的枪。"沃尔特说着俯身捡起枪，"天哪，真是我的，你从我的房间里拿出来的，你这个小偷小摸的浑蛋。"

刘易斯·塞罗科尔德站在畏缩的埃德加和咄咄逼人的美国小伙子中间。

"以后再说这件事吧。"他说，"啊，马弗里克来了。马弗里克，能帮忙看看他吗？"

马弗里克大夫带着职业热情走到埃德加身边。

"这样不行，埃德加，"他说，"埃德加，这样做是不对的。"

"他是个危险的疯子。"米尔德里德大声道，"他胡言乱语，还用左轮手枪射人。差点儿打中我继父。"

埃德加叫了一声，马弗里克大夫责备道："斯垂特夫人，说话请务必注意。"

"我厌恶这一切。讨厌这里所发生的一切！这家伙是个疯子。"

埃德加从马弗里克手里挣脱开，扑倒在塞罗科尔德脚下。

"帮帮我，帮帮我。别让他们把我带走关起来。别让他们……"

令人憎恶的场面，马普尔小姐心想。

米尔德里德愤怒地说："他是个——"

她母亲软绵无力地打断道："求你了米尔德里德，什么都别说了。他自己也很痛苦。"

沃尔特低声道："痛苦的疯子。这里全都是疯子。"

马弗里克大夫说："我来照顾他。埃德加，跟我来。上床休息，吃些镇定的药，明天早上再跟我谈。你是信任我的，对吗？"

埃德加身体抖动着站起来。他狐疑地看了看年轻的大夫，又看了看米尔德里德·斯垂特。

"她说我是个疯子。"

"不，不，你不疯。"

贝莱弗小姐匆匆穿过大厅向书房走来，似乎出了什么事。进门时她双唇紧闭，脸涨得通红。

她阴沉着脸说："我给警察打电话了，他们几分钟后就到。"

卡莉·路易丝叫了一声："乔利！"声音里充满了失望。

埃德加悲鸣一声。

刘易斯·塞罗科尔德愤怒地皱起了眉头。

"乔利，我告诉过你不想让警察来，他只是病了而已。"

"我的确是自作主张，"贝莱弗说，"但警察必须来。因为古尔布兰森先生被人打死了。"

第八章

过了半晌人们才弄明白她的话。

卡莉·路易丝不相信似的问："克里斯蒂安被枪打死了？他死了吗？这完全不可能啊。"

"不相信的话，"贝莱弗小姐撅着嘴对卡莉·路易丝和其他人说，"你们自己去看。"

她生气了，语调尖厉短促。

卡莉·路易丝缓缓地朝那个房间走了过去，似乎仍旧不愿意相信。刘易斯·塞罗科尔德把手放在她的肩上。

"亲爱的，让我去。"

说着他出了门。马弗里克大夫狐疑地看了埃德加一眼，跟刘易斯去了。贝莱弗小姐随后也跟了上去。

马普尔小姐让卡莉·路易丝坐在椅子上。卡莉坐下来，露出惊恐受伤的目光。

"克里斯蒂安被人打死了吗？"她又问了一遍。

她的声音像个受到了伤害、不知所措的孩子。

沃尔特·赫德站在埃德加·劳森身边怒视着他，手里拿着刚从地上捡起来的枪。

塞罗科尔德夫人疑惑地问："可是谁会拿枪去射杀克里斯蒂安呢？"但她并没想得到答案。

沃尔特低声说："疯子！全都是些疯子。"

斯蒂芬靠近吉娜想保护她，后者惊恐的俏脸使房间还有一点生机。

门开了，一个穿着宽大外套的人带着寒气走了进来。

他热情的问候让人们一时间没回过神来。

"大家好。真是个不寻常的夜晚，路上雾太大，我只能开得很慢。"

马普尔小姐刹那间还以为自己看见了一个重影。当然了，同一个人不可能既站在吉娜身边又出现在门口。过了一会儿她才意识到，只是这两个人长得太像了。不过从近处细看，两人还是有些差别的。他们是长得很像的一家人，但也不过如此。

斯蒂芬·雷斯塔里克瘦得有些憔悴，刚进来的这位却很健壮。他的大衣上有圈黑色的小羊羔皮领，衣服非常合体。来人是个英俊的小伙子，集权威和成功者的幽默于一身。

马普尔小姐注意到了一件事——刚一进屋，他的双眼就马上看向吉娜。

他犹豫了一下，转向卡莉·路易丝。

"收到我的电报了吧？你在等我来吗？"说着朝卡莉·路易丝走了过去。

卡莉几乎是机械地把手伸向他。他接过那只手，轻轻地吻了一下，动作中充满了真挚的感情，不仅仅是戏剧化的礼节。

卡莉低声说："当然了，亚历克斯——亲爱的，我正盼着你来呢。不过——事情已经发生了——"

"发生了什么事？"

米尔德里德把事情告诉他，马普尔小姐很讨厌米尔德里德惺惺作态的恐怖语气。

"克里斯蒂安·古尔布兰森，"她说，"我哥哥克里斯蒂安·古尔布兰森，被发现遭枪击身亡。"

"我的上帝呀，"亚历克斯十分惊讶，"自杀，是自杀吗？"

卡莉·路易丝说："不可能是自杀。克里斯蒂安不可能自杀！哦，不。"

"克里斯蒂安舅舅绝不会自杀，我很肯定。"吉娜也说。

亚历克斯·雷斯塔里克把这些人轮流看了个遍。他兄弟斯蒂芬朝他肯定地点了点头。沃尔特·赫德带着一丝愤怒盯着他。亚历克斯的目光落在马普尔小姐身上，皱起了眉，就像发现舞台布景中突然冒出了一个没见过的道具。

他看着马普尔小姐，像是希望有人引荐。但没人替他介绍，马普尔小姐看上去只是个又老又胖、不知所措的老妇人而已。

"什么时候？"亚历克斯问，"那是什么时候的事？"

吉娜回答："在你来之前，就在你来之前三四分钟。我们听见枪响，但没特别注意——完全没有警觉。"

"没警觉？为什么没有警觉？"

吉娜犹豫着，回答说："还发生了些别的事情……"

沃尔特强调道："的确有些别的事情。"

这时朱丽叶·贝莱弗从书房的门走进大厅。

"塞罗科尔德先生认为我们该在书房里等。警察很快会来，这样有利于他们开展工作。只有塞罗科尔德夫人可以不和我们一起等。卡拉，你肯定吓坏了。我让人送一些暖水袋放到你床上，我这就送你上去。"

卡莉·路易丝站起身，摇了摇头。她说："我必须先看看克里斯蒂安。"

"不行，亲爱的。别让自己难受——"

卡莉·路易丝轻柔地把她推到一边。

"亲爱的乔利，你不会理解的。"她转过头叫了一声，"简，你在吗？"

马普尔小姐走了过来。

"简，和我一起去行吗？"

她们一起向门口走去。正好进门的马弗里克大夫差点儿和她们撞上。

贝莱弗小姐叫着："马弗里克大夫，千万别让她去，真是太愚蠢了。"

卡莉·路易丝平静地看着年轻医生，甚至还笑了笑。

马弗里克大夫问："你真的要去看他吗？"

"我必须去。"

"明白了。"他让到一旁，"塞罗科尔德夫人，如果觉得有必要你就去吧。但过会儿一定要休息一下，让贝莱弗小姐照看你。现在你还不害怕，但我保证你会感到害怕的。"

"我想你说得对。我会保持理智的。简，咱们去吧。"

两个女人走出大厅，穿过主楼梯底部，沿着走廊走过右边的餐厅和左边通往厨房的两扇门，再经过通往平台的侧门，来到橡树套房——这个套房是给克里斯蒂安·古尔布兰森准备的卧室。与其说是卧室，这个房间的装饰更像是客厅。里侧的凹室里放着一张床，有扇门通向兼作化妆间的浴室。

卡莉·路易丝在门口停下了。克里斯蒂安·古尔布兰森原本坐在红木桌旁，面前放着一台小型便携式打字机。此时他仍旧端坐在红木桌旁，只是瘫软地靠在椅背上。椅子的高扶手没让他滑落在地。

刘易斯·塞罗科尔德站在窗旁，他把窗帘往旁边拉了一拉，凝视着窗外。

他转过身,皱起眉。

"亲爱的,你不该来。"

他朝卡莉·路易丝走来,卡莉·路易丝向他伸出手。马普尔小姐后退了一两步。

"刘易斯,我得看看他。我得弄明白到底是怎么回事。"

她慢慢走到桌旁。

刘易斯警告道:"你什么都别动。警察肯定希望我们让一切保持原状。"

"我明白。他是被人打死的吗?"

"是的。"这个问题让刘易斯·塞罗科尔德有些惊讶,"你已经知道他是死于他杀的吗?"

"是的。克里斯蒂安才不会自杀呢,他很能干,不可能死于意外事故。只能死于……"她犹豫了一下说,"谋杀。"

她走到桌子后面,看着去世的人,脸上浮现出伤心怜爱的神情。

"亲爱的克里斯蒂安,"她说,"他一直对我特别好。"

她用手轻轻地抚摩了一下他的头顶。

"上帝保佑你,谢谢你,亲爱的克里斯蒂安。"她又说。

刘易斯·塞罗科尔德带着平时少见的深情,说:"卡罗琳,真希望上帝没让你见到这一切。"

卡莉·路易丝轻轻摇了摇头。她说:"我们无法帮人免遭不幸,人们迟早得面对一些事。所以越早越好。我现在去躺一会儿。刘易斯,你会在这儿等警察来吧?"

"是的。"

卡莉·路易丝转过身,马普尔小姐伸出一只胳膊揽着她。

第九章

柯里警督和助手们赶到时，大厅里只剩贝莱弗小姐一个人了。她迅速迎了上去。

"我叫朱丽叶·贝莱弗，是塞罗科尔德夫人的秘书兼女伴。"

"发现尸体后给我们打电话的是你吗？"

"是的。家里的其他人都在书房——从那边的门进去就是。塞罗科尔德先生守在古尔布兰森先生的房间里，不让人动现场的物品。最先检查尸体的马弗里克大夫马上就到。他得把一个病人送到那边的楼里去。需要我带路吗？"

"如果您愿意，那再好不过了。"

能干的女人，警督心想，似乎把一切都安排好了。

他跟着她，沿着走廊朝前走。

随后的二十分钟，警察们按部就班地例行公事。摄影师拍了些照片，法医随后赶到，与马弗里克大夫一起检查尸体。半小时后，警车把克里斯蒂安·古尔布兰森的尸体带走了。柯里警督开始官方问询。

刘易斯·塞罗科尔德把柯里警督带进书房，柯里警督认真地打量着周围的人，在脑海里做了大致的总结。一个白发老太太；一位中年妇女；一位漂亮的年轻女孩，他曾见过她开车在乡间穿行；还有她那位看上去闷闷不乐的美国丈夫；另外还有两位外表或什么地方很相似的年轻人；最后是能干的管家贝莱弗小姐——她打电话报案，警察来了以后又招待得非常周到。

柯里警督把早就想好的一小段话说了出来。

"出了这样的事恐怕会让你们感到非常不安，"他说，"今天晚上我就不打扰了。我们可以从明天开始彻底地调查这个案子。发现古尔布兰森身亡的是贝莱弗小姐，我会让贝莱弗小姐向我大致讲述一下当时的情况，不必过于详细。塞罗科尔德先生，如果你要上楼看夫人，那就快去吧，和贝莱弗小姐谈完后我想和你谈谈。我说明白了吗？有没有房间可以供我们——"

刘易斯·塞罗科尔德接话道："乔利，让他们用我的办公室吧。"

贝莱弗点了点头。"我也是这么想的。"

她带着两个警察穿过大厅前往塞罗科尔德先生的办公室，柯里警督和随行警员跟在后面。

贝莱弗小姐的安排十分妥帖，好像是她而不是柯里警督在负责这件事。

但主动权终归还是要回到柯里警督手上。他的声音和态度都很和蔼，他沉静、严肃，又略带些歉意。有人低估了他的能力，但其实作为警督，他和贝莱弗小姐一样能干，只是不那么显山露水。

他清了清嗓子。

"塞罗科尔德先生已经把情况告诉我了。克里斯蒂安·古尔布兰森是古尔布兰森信托公司及基金会创始人埃里克·古尔布兰森先生的长子……他还介绍了其他一些情况。他是这儿的理事之一，昨天他突然造访，是吗？"

"是的。"

简洁的答复让柯里警督很高兴，他接着问："塞罗科尔德先生去利物浦。他是搭今天晚上六点半的火车回来的吗？"

"没错。"

"吃过晚饭以后，古尔布兰森先生说他想一个人在房间里工作，喝过咖啡便离开大家走了。我说得没错吧？"

"没错。"

"贝莱弗小姐，请描述一下发现尸体时的情况。"

"今晚发生了一件非常让人愤慨的事情，一个患有心理疾病的年轻人突然精神失常，用左轮手枪威胁塞罗科尔德先生。两个人锁在这个房间里，年轻人最后开枪了——那边的墙上留有弹孔。幸好塞罗科尔德先生没受伤。开枪后年轻人彻底垮了。塞罗科尔德先生让我去找马弗里克大夫，我就用家里的电话找他，他不在房间。找到他时，他正和一位同事待在一起，我把发生的事告诉他，他便马上来了。回来时我经过古尔布兰森的房间，想着问问他临睡前需不需要一杯热牛奶或威士忌什么的。于是我敲了敲门，但没人应答，我就推门进去，发现古尔布兰森先生死了，然后我便给你打了电话。"

"这幢房子都有哪些出入口？安全吗？外人有可能神不知鬼不觉地溜进来吗？"

"任何人都可以从通往平台的侧门进来，那个门供大家进出这幢学院大楼，睡觉前才上锁。"

"学院里有二百到二百五十名少年犯，对吧？"

"是的。但学院大楼的保安措施非常好，有专人巡逻。未经允许，任何人都不可能离开学院大楼。"

"我们会调查这一点的。古尔布兰森先生自身有没有被人诟病的地方——比如说跟谁结了怨？再比如说，他做过遭人反对的决定吗？”

贝莱弗小姐摇摇头。

“没有。古尔布兰森先生与学院管理或行政事务没关系。”

“他来访的目的是什么？”

“我不知道。”

“他发现塞罗科尔德先生不在时有些失望，并立刻决定等他回来，是吗？”

“是的。”

“这么说，他来这儿肯定与塞罗科尔德先生有关喽？”

“是的。肯定有关系——多半是学院的事情。”

“推测一下应该是这样的。他和塞罗科尔德先生谈过了吗？”

“没时间谈。塞罗科尔德先生晚饭前才回来。”

“饭后古尔布兰森先生说他有些重要的信要写，便回房去了。他没说要和塞罗科尔德先生谈一谈吗？”

贝莱弗小姐犹豫了一下。

“没。他没说。”

“太奇怪了——既然留下来是为了见塞罗科尔德先生，他为什么要去写什么信呢？”

“是的，的确有些怪。”

贝莱弗小姐似乎第一次觉察到了矛盾之处。

“塞罗科尔德先生陪他去房间了吗？”

“没有。塞罗科尔德先生留在了大厅里。”

“你知道古尔布兰森先生是什么时候被杀的吗？”

“大概是枪响的时候。应该是九点二十三分。”

“你听见枪响了吗？当时没产生怀疑吗？”

“当时的情况有点特殊。”

她详细地描述了刘易斯·塞罗科尔德和埃德加·劳森之间发生的冲突。

"所以没人意识到枪声是从家里的其他地方传出来的，是吗？"

"是的。我当然没这么想。知道枪声不是从刘易斯先生办公室传来的时候，我们大伙都松了一口气。"

接着贝莱弗小姐阴沉着脸补充道："没人想到谋杀与企图谋杀会在同一个晚上、同一幢房子里发生。"

柯里警督觉得这话非常在理。

"不过，"贝莱弗小姐又说，"后来我会去古尔布兰森先生的房间，可能也和早前听到过枪声有关。我确实想知道他需要什么，同时也想确认一下是否一切都正常。"

柯里警督看了她一会儿。

"你为什么觉得可能有异常？"

"我不知道。因为有'枪声是在外面响起的'这种先入为主的印象，因此没多加注意。后来回想起这件事，我告诉自己，可能是雷斯塔里克先生的汽车发出的逆火声……"

"雷斯塔里克先生的车？"

"是的。亚历克斯·雷斯塔里克。他今天晚上开车过来，他是在出事以后才过来的。"

"这样啊。发现古尔布兰森先生的尸体后，你碰过房间里的东西吗？"

"当然没有。"贝莱弗小姐的声音听上去有几分不满，"我自然知道犯罪现场的东西既不能动也不能碰。古尔布兰森先生头部遭到枪击，但现场并没有武器，我当时就认定这是谋杀。"

"刚才领我们去那个房间时，房间里的摆设与你发现尸体时

74

一样吗？"

贝莱弗小姐认真地思考着，她背靠着椅背，眯着双眼。她拥有柯里警督眼中如同照相机一般的记忆。

"只有一处不同，"她说，"打字机上没东西了。"

"你是说第一次进去时，古尔布兰森先生的打字机上有他写的信？"柯里警督说，"和我们一起进去的时候却被人拿走了？"

"是的，我确信看见过打字机里翘出的白纸边。"

"贝莱弗小姐，谢谢你。我们来以前谁还进过那个房间？"

"塞罗科尔德先生进去过，我出来接你时他还在那儿。塞罗科尔德夫人和马普尔小姐也进去过。是塞罗科尔德夫人坚持要去的。"

"塞罗科尔德夫人和马普尔小姐，"警督说，"谁是马普尔小姐？"

"那个白发老太太。她是塞罗科尔德夫人上学时的闺蜜，她是四天前来的。"

"谢谢你，贝莱弗小姐。你的讲述非常清晰，我这就去和塞罗科尔德先生谈谈。但也许我会先和——马普尔小姐是位老太太，对吗？我先去和她谈，然后她就可以休息了。不让老年人休息实在有些过分，这件事肯定对她打击很大。"柯里警督同情地说。

"我去告诉她，可以吗？"

"那再好不过了。"

贝莱弗小姐出了门。柯里警督抬头看着天花板，陷入了沉思。

"古尔布兰森？"他自言自语道，"为什么是古尔布兰森呢？房子里有两百多个精神不正常的少年犯，任何人都可能杀人。也许是其中的哪个人干的，但为什么要杀古尔布兰森呢？为什么要杀个外人啊？这完全没道理。"

莱克警员说："不了解全部情况时无法下结论。"

柯里警督说："是啊，目前我们还什么都不知道呢。"

马普尔小姐进屋时警督马上站了起来，显得很有风度。马普尔小姐似乎有些惊慌，他赶紧上前抚慰。

"女士，不用心烦意乱。"他觉得年纪大的人喜欢被称为"女士"。在他看来，警察属于低层次的人，应当对高层次的人表示尊重。"已经发生的事让人很沮丧，但我们得把事实弄清楚。让真相大白于天下。"

"是的。"马普尔小姐说，"但一定非常困难吧？我是说把所有事情弄明白。人们常常顾此失彼，而且常把注意力放在错误的地方，有时是无意中造成的，有时是被人误导。变魔术的人就爱玩这种指错方向的伎俩。他们很聪明，不是吗？我搞不清他是怎么把碗里的金鱼变没的——碗又不能变小，你说是不是？"

柯里警督眨眨眼，用安慰的语气说："你说得一点没错。女士，我已经从贝莱弗小姐那儿听说了今晚发生的事，我相信你们现在一定都很担心。"

"的确如此，这简直像在演戏，让人不明所以。"

"先是塞罗科尔德先生和埃德加·劳森之间的吵闹。"警督低头看了一眼所做的记录。

"一个非常奇怪的年轻人，"马普尔小姐说，"我一来就觉得他很不对劲。"

"你自然会这样认为。"柯里警督说，"这阵喧闹后，传来了古尔布兰森先生的死讯。之后你便和塞罗科尔德夫人去看了——去看了……尸体，是吗？"

"是的，她让我陪她去，我们是多年的朋友了。"

"你们一起去了古尔布兰森先生的房间。你们当中有没有人碰过房间里的东西？"

"没有。塞罗科尔德先生不让我们碰任何东西。"

"女士，你有没有恰巧注意到打字机里放着一张纸或一封信？"

"没有，"马普尔小姐飞快地说，"我当时马上就注意到了这件事，因为我觉得很奇怪。坐在那儿的古尔布兰森先生肯定是要打什么东西，可打字机上什么都没有。是的，我当时就觉得很怪。"

柯里警督犀利地看了她一眼。

"你和古尔布兰森先生说过话吗？"

"没说过几句。"

"你能想起什么特别有意义或十分重要的话吗？"

马普尔小姐想了想。

"他向我打听塞罗科尔德夫人的健康状况。特别是她的心脏。"

"她的心脏？她的心脏有什么问题吗？"

"据我所知没什么问题。"

柯里警督沉默了片刻，然后问马普尔小姐："塞罗科尔德先生和埃德加·劳森争吵时你听到枪响了吗？"

"其实我没听见。我耳朵有些背。我听塞罗科尔德夫人说，似乎是从外面的停车场里传来的枪响。"

"古尔布兰森先生晚饭后和大伙告别，然后马上就离开了，是吗？"

"是的，他说有几封信要写。"

"他没说有事要和塞罗科尔德先生谈吗？"

"没有。"

马普尔小姐马上又补充了一句："他们已经简短地谈过一次了。"

"谈过了吗？什么时候谈的？塞罗科尔德先生不是一回来就吃晚饭了吗？"

"他们是在塞罗科尔德先生进门前谈的。塞罗科尔德先生穿过停车场，古尔布兰森先生出门见他，两人在平台上走了几个来回。"

"还有谁知道这事？"

"我想没人知道。"马普尔小姐回答，"除非塞罗科尔德先生告诉了他的夫人。当时我碰巧在窗边看鸟。"

"看鸟？"

"是啊。"马普尔小姐想了片刻，说，"我想可能是金丝雀。"

柯里警督对金丝雀不感兴趣。

"你有没有碰巧……"他婉转地问，"偶然……听到他们说了什么？"

马普尔小姐纯真的蓝眼睛正巧对上了柯里警督的双眼。

"只有零散的几句。"马普尔小姐轻声说。

"能告诉我吗？"

马普尔小姐沉默了一会儿，然后说："我不知道他们究竟在谈什么，但他们有什么事瞒着塞罗科尔德夫人。要瞒着她——这是古尔布兰森先生的原话，塞罗科尔德先生说'的确必须考虑到她的因素'。他们还提到了什么'重大责任'，还说他们应该'听一听别人的意见'。"

她停了一下又说："这事你最好去问问塞罗科尔德先生本人。"

"女士，我会问他的。今晚还有什么让你觉得奇怪的事呢？"

马普尔小姐想了想。

"一切都挺怪的，我想你应该明白我的意思……"

"是啊。的确是这样的，没错。"

马普尔小姐突然想起了什么。

"有件很怪的事。塞罗科尔德先生不让塞罗科尔德夫人吃药，贝莱弗小姐很不高兴。"她不以为然地笑了笑，"当然这不是什么大事……"

"是啊，的确不是什么大事。谢谢你，马普尔小姐。"

马普尔小姐走出房间时，莱克警员自言自语道："她虽然上了年纪，但观察十分敏锐……"

第十章

刘易斯·塞罗科尔德走进办公室，房间里所有人的注意力都聚集到了他的身上。他转身关上门，营造出一种私密的气氛，然后走过来坐下——但没坐在马普尔小姐坐过的椅子上，而是坐在桌后，他自己的办公椅上。贝莱弗小姐方才让柯里警督坐在桌子旁边的椅子上，似乎无意间给刘易斯·塞罗科尔德的到来留了一把椅子。

坐下以后，刘易斯·塞罗科尔德若有所思地看了看两名警察。他拉长了脸，看上去非常疲倦。这张脸让人以为此人正在历经一次磨难，这让柯里警督颇感意外。古尔布兰森与刘易斯既不是好友也不是亲戚，只是因为婚姻才沾了点亲，但克里斯蒂安·古尔布兰森的死却像是给他造成了极大的打击。

双方坐的位置似乎倒了个个。不像是刘易斯·塞罗科尔德先生在回答警方的提问，倒像是他在主持询问似的。这让柯里警督稍稍有些不快。

他飞快地道出了开场白："塞罗科尔德先生——"

刘易斯·塞罗科尔德似乎还沉浸在思考中，他叹了一口气说："要知道怎么做才对，真是太难了。"

柯里警督说："塞罗科尔德先生，对不对可以由我们来进行分辨。现在，我们来谈谈古尔布兰森先生的事好吗？他来得十分突然，是吗？"

"十分突然。"

"你不知道他要来。"

"一点都不知道。"

"你也不知道他为什么来？"

刘易斯·塞罗科尔德平静地说："不，我知道，他告诉我了。"

"他是什么时候告诉你的？"

"我从车站回来。他从窗户往外看，看见我后他出来找我，当时他解释了来的原因。"

"是与古尔布兰森学院有关的事吗？"

"不，与古尔布兰森学院没有任何关系。"

"贝莱弗小姐似乎也这么想。"

"外界自然会这么猜测。古尔布兰森没有否定这种猜测，我也没有。"

"塞罗科尔德先生，这是为何？"

刘易斯·塞罗科尔德缓缓地说："我们认为，隐瞒他此次来访的真正目的非常重要。"

"那真正目的是什么？"

刘易斯·塞罗科尔德沉默了片刻，然后长叹一口气。

"古尔布兰森每年定期来参加两次理事会，上次开会是一个月以前的事，按照常规他应当五个月后再来。所以一般人会认为他这次来是有紧急的事务要处理，人们会觉得这是次商务之旅，无论事急事缓，总归是信托公司的事。据我所知，古尔布兰森没有刻意改变外人的这个印象——也可以说他认为没人知道他的真正目的。也许这样说比较接近事实——他认为没人猜得出他此行的目的。"

"塞罗科尔德先生，我不明白你在说什么。"

刘易斯·塞罗科尔德没有马上给出答复。过了一会儿，他严肃地说："由于古尔布兰森的死——他肯定死于谋杀——我必须把全部事实告诉你们。但坦率地说，我为我妻子的幸福与安宁感到担心。警督，我不想命令你什么，但如果你能有什么办法不让她知道一些事情，我会非常感激。柯里警督，克里斯蒂安·古尔布兰森来这儿是想告诉我，他认为有个冷血的人，在蓄谋缓慢地毒死我太太。"

"你说什么？"

柯里疑惑地朝前探出身子。

塞罗科尔德点点头。

"是的，你可以想象得到，这对我是个多么沉重的打击。我从来没想过会发生这种事，克里斯蒂安告诉我这事以后，我才意识到妻子最近抱怨的症状正好证实了他的说法。她得了风湿病，腿部肌肉痉挛，还经常犯恶心——这都符合砒霜中毒的症状。"

"马普尔小姐告诉我们克里斯蒂安·古尔布兰森问过她塞罗科尔德夫人的心脏情况。"

"这很有趣。我猜他认为有人用了心脏毒剂，因为这样做可以不引人怀疑地导致突然死亡。但我觉得更可能是砒霜。"

"你认为克里斯蒂安·古尔布兰森的怀疑是有根据的？"

"是的。首先，除非他很肯定，否则不会下这样的断言。他是个细心而固执的人，很难被说服，但他精明老道，什么事都瞒不了他。"

"他有什么证据吗？"

"我们还没时间讨论，昨天只是匆匆聊了几句。他解释了来此地的目的，我们都同意，在证据确凿之前不让我夫人知道这件事。"

"他怀疑谁在下毒呢？"

"他没说，我认为他不知道。他可能怀疑过谁。我认为他的确有所怀疑——不然怎么会被人杀了呢？"

"他没向你提过那个人的名字吗？"

"没提到具体名字。我们认为必须彻底调查这件事，他说应当征求克罗默主教加尔布雷思大夫的意见，并请他与我们合作。加尔布雷思大夫是古尔布兰森家的老朋友，也是学院的理事之一。他很聪明，也很有经验。如果有必要告诉我妻子实情的话，请加尔布雷思帮忙肯定十分有用，对我太太也将带来莫大的安慰。我们可以参考他的意见，看看是否让警方参与。"

"太令人惊讶了。"柯里说。

"晚饭后，古尔布兰森离开我们去给加尔布雷思写信，被杀时他正在写那封信。"

"你是怎么知道的？"

刘易斯平静地回答："我把信从打字机里拿出来了。"

他从上衣口袋里拿出一张折叠着的打字机用纸，交给柯里警督。

柯里严肃地说："你不该拿这张纸，也不该动房间里的任何东西。"

"别的我什么都没动。我知道在你眼里我犯了一个不可原谅的错误，但我这么做是有理由的。我知道我太太会坚持到那个房间去，我担心她会看见纸上打的那些字。我承认自己做得不对，但如果再发生这种情况，我还是会这么做的。为了让太太高兴，我什么都能做，我只想让她开心。"

柯里警督没再说话，他看着拿到的打字机用纸。

亲爱的加尔布雷思大夫，你好。

　　如果可能的话，我请求你见信后马上来石门山庄。这里正在发生一件极其严重的事，我不知该如何应对。我知道你很关心卡莉·路易丝，对影响她健康的因素非常在意。她已经知道了多少？我们又能对她隐瞒多少？这两个问题我很难回答。

　　不再绕圈子了，我有理由相信这位可爱的女士正被人慢慢毒死。最初产生怀疑是在——

信写到这里便戛然而止。

柯里说："写到这儿时克里斯蒂安·古尔布兰森被人枪杀了，是吗？"

"是的。"

"那为什么信还留在打字机里呢？"

"我只能想出两个原因——其一，凶手不知道古尔布兰森正在写信，也不知道信里说了些什么。其二，也许凶手没时间拿走。他可能听见有人来了，只想赶快溜走。"

"古尔布兰森没向你暗示他怀疑的是谁吗——如果有所怀疑的话？"

刘易斯稍微犹豫了一下，然后回答了这个问题。

"没跟我暗示过。"他又意图不明地补充了一句，"克里斯蒂安是个非常好的人。"

"你怎么看砒霜之类的投毒？——你觉得投毒会如何进行呢？"

"换衣服准备吃晚饭时我思考了一会儿，最有可能的途径只能是药或补品，我太太吃很多药。说到吃饭，大家都在一个盘子里吃饭，我太太吃的也没什么两样。药和补品就不一样了，任何人都可能往她的药瓶里投砒霜。"

"我们必须把药拿去分析。"

刘易斯平静地说："我已经拿了些样品，晚上吃饭前我去拿了些。"

他从桌子抽屉里拿出一个盛着红色液体的带盖小瓶。

柯里警督好奇地看了他一眼。

"塞罗科尔德先生，你把什么都想到了啊。"

"事情就该办得麻利些。今晚，我没让妻子像往常一样服药。药还在大厅橡木梳妆台上的玻璃杯里放着——补药放在餐厅。"

柯里探过身子，用不带官腔的语气轻声对他说："塞罗科尔德先生，为什么你怕她知道？是因为她会惊慌失措吗？为了她好，你该让她知道。"

"是的，也许该让她知道。但我想你不会明白的，不了解我太太的话，很难跟你说得清。柯里警督，我夫人是一个理想主义者，别人说什么她都会信。她的眼中、耳中和言谈之间都没有罪恶。她肯定不会相信有人想害死她。但事实还不止于此，不只是'有人'，这个人还是个和她非常亲近的人……"

"你是这么想的吗？"

"我们得面对现实。我们周围有几百个性情奇怪、有成长障碍的年轻人，他们经常通过粗暴无礼的方式来发泄情绪。但从这件事的本质来看，他们都不是本案的嫌疑人。一个能长时间下毒的人肯定和家里很近。丈夫、女儿、外甥女、外甥女婿、视如己出的继子、忠诚陪伴多年的贝莱弗小姐——这些人是她最亲近的人。怀疑也由此产生，是其中某个人干的吗？"

柯里缓缓地说："还有外面的人呢？"

"从某种意义上说，的确有这种可能。马弗里克大夫和一两个工作人员总和我们在一起，另外还有家里的用人们，但说老实话，这些人有什么动机呢？"

柯里警督说："还有那个年轻人……他叫什么来着？是埃德加·劳森吗？"

"没错。不过他是最近才来的，只是个不速之客，没什么动机。此外，他很喜欢卡罗琳——这点跟别人一样。"

"他非常不正常。怎么解释他今晚对你的袭击呢？"

塞罗科尔德不耐烦地挥了挥手。

"只是孩子气罢了。他根本没想伤害我。"

"墙上的两个弹孔怎么说？他朝你开了枪，是吗？"

"他并不是存心想害我，只是演演戏罢了。"

"塞罗科尔德先生，这种演戏方式太危险了。"

"你不明白。要想明白，必须找我们的精神病专家马弗里克大夫谈谈。埃德加是个私生子，为了强大自己，他把自己伪装成名人的儿子。他没有父亲，出身卑微。告诉你，这种现象很常见。他正在慢慢恢复，而且恢复得很快。不知为何，昨天他的病情突然有了反复，把我当成他的'父亲'，挥动着左轮手枪夸张地向我进攻，还不断威胁我。但我丝毫没有感到惊慌。开枪以后，他就完全崩溃了，还不断哭泣。马弗里克大夫带走了他，给他服用了镇静剂。明早他多半就能恢复正常了。"

"你不想起诉他吗？"

"对他而言这样太糟了。"

"塞罗科尔德先生，坦白跟你说，我觉得他应当被关起来，不该让他拿着枪到处溜达——总得考虑周围的人啊。"

"和马弗里克大夫谈这事吧。无论如何，他会从专业角度给出分析的。"刘易斯说，"肯定不是埃德加打死古尔布兰森的，他那时正要朝我开枪呢。"

"我正要谈到这一点，塞罗科尔德先生。我们想过了外面的情况：平台上的门没锁，好像谁都可能从外面进来打死古尔布兰森先生；屋里也有条不太会被注意的狭长地带，考虑到你刚刚说的话，我认为应该仔细留意那个地带。除了年迈的马普尔小姐之外，似乎没人知道你已经和克里斯蒂安·古尔布兰森私下里谈过了。如果是这样的话，把古尔布兰森打死就是为了阻止他把怀疑告诉你。当然，现在要说没有别的什么动机为时尚早。古尔布兰森很富有，对吧？"

"是的，他很有钱。他有儿子、女儿和孙子、孙女——这些人都能从他的死中获益。但他的家人都不在国内，他们都是些可靠而受人尊敬的人。据我所知，都是些不错的人。"

"他有仇人吗？"

"我认为不太可能，他不是那种人。"

"这样一来范围就缩小了。凶手只可能是这幢房子里面的人。房子里有谁会杀了他呢？"

刘易斯·塞罗科尔德缓缓地说："很难说，家里有用人、家人和客人。以你的观点来看，这些人都是怀疑对象。就我所知，我只能告诉你克里斯蒂安离开大厅时，除了用人，别人都在大厅里。我在的时候，没有任何人离开过那个大厅。"

"一个人都没有吗？"

"让我想想。"刘易斯皱着眉努力回忆，"对了，那时有几盏灯的保险丝烧断了，沃尔特·赫德出去接过保险丝。"

"是那个年轻的美国小伙吗？"

"是的……不过我和埃德加进了这个房间之后，外面发生了什么事我就不知道了。"

"塞罗科尔德先生，你无法再提供些更有用的线索了吗？"

刘易斯·塞罗科尔德摇了摇头。

"恐怕我帮不了你——这实在太难以置信了。"

柯里警督叹了口气说："古尔布兰森先生被人用一把自动小手枪打死了。你知道住在这里的人中谁有自动小手枪吗？"

"不知道，我觉得他们都不可能有。"

柯里警督又叹了一口气说："告诉大家可以休息了。我明早再和他们谈。"

塞罗科尔德出门后，柯里警督对莱克说："你怎么看呢？"

"他知道——或者说他觉得自己知道是谁干的。"莱克说。

"对。我也这么觉得。但他不想……"

第十一章

第二天一早，马普尔小姐下楼吃早饭时，吉娜匆匆上前打了个招呼。

"警察又来了，"她说，"他们在书房，沃利对他们着了迷，他很喜欢警察不动声色的样子。这一切都令他感到兴奋。我可不，我讨厌这种事，太可怕了。问我为什么这么生气？可能因为我是半个意大利人吧？"

"很有可能，至少你不介意表达自己的想法。"

说话时马普尔小姐笑了笑。

"乔利生气了，"吉娜挽着马普尔小姐的胳膊，拥着她走向餐厅，"因为警察接管了这件事，她不能像管别人一样来'管'警察了。而亚历克斯和斯蒂芬根本不关心这件事。"吉娜严肃地往下说。两人走进餐厅时，兄弟俩都快用完早餐了。

"亲爱的吉娜，这话可说过头了啊。"亚历克斯说，"早上好，马普尔小姐。我很关心这件事。抛开我几乎不认识克里斯蒂安叔叔这一点，我是最好的怀疑对象。我希望你能认识到这一点。"

"为什么这么说？"

"因为我开车来这儿的时间不对啊。警察把所有事都核查了一遍，觉得我来这儿所花的时间太长了——也就是说，我有充足的时间停好车，绕过房子，从侧门进去打死克里斯蒂安，冲出房

89

间后再返回车里。"

"那时你究竟在做什么？"吉娜问。

"小时候大人没告诉你不要问不该问的问题吗？事实上，半路上我像个呆子似的下了车，花了好几分钟观察被车前灯照亮的夜雾，考虑怎样在舞台上运用这种效果。我想放在新的芭蕾剧《石灰房》中。"

"你可以告诉他们啊！"

"我当然说了。但你也知道他们是些什么人。他们很有礼貌地说'谢谢你'，然后把一切都记下来。我只知道他们什么都会怀疑，但完全不知道他们在想些什么。"

"亚历克斯，你当时的样子一定很有趣。"斯蒂芬瘦削的脸上露出残忍的笑容，"我可什么事都没有！我昨晚压根没走出过大厅。"

吉娜大声说："他们不会以为是我们当中的某个人干的吧！"

她睁大黑眼睛，显得非常惊慌。

"亲爱的，千万别告诉我这是流浪汉干的，"亚历克斯一边吃着果酱一边说，"这种说法实在老掉牙了。"

贝莱弗小姐从门口往里看了看说："马普尔小姐，早饭后能去一下书房吗？"

"又先叫你去。"吉娜说，她看上去有些不高兴。

"嘿，那是什么声音？"亚历克斯问。

"我什么都没听见。"斯蒂芬说。

"是开枪的声音。"

"有人在克里斯蒂安叔叔被杀的房间里开枪了。"吉娜说，"不知为什么要这么做，他们也在外面开了一枪。"

门开了，米尔德里德·斯垂特走了进来。她穿着一身有珠子装饰的黑衣服。

她小声问好，谁也没看便坐了下来，然后低声说："吉娜，给我来些茶。还要点面包，别的都不要。"

她用手里的手帕小心地擦拭着鼻子和双眼，然后抬起头，似看非看地面对兄弟二人。斯蒂芬和亚历克斯被她看得很不自在，说话声音压低了许多，很快便起身走了。

米尔德里德不知对谁说："真没礼貌，连黑领结都不戴！"

马普尔小姐抱歉地说："他们预先没想到会发生谋杀案吧。"

吉娜哼了一声，米尔德里德严厉地看了她一眼。

"沃尔特一大早跑哪儿去了？"

吉娜的脸红了。

"不知道，我没见到他。"

她像个做错了事的孩子一样局促不安地坐在椅子上。

马普尔小姐起身，说："我要去书房了。"

刘易斯·塞罗科尔德站在书房的窗户边。房里没有别人。

马普尔小姐进门以后，他转过身上前抓过她的手。

他说："希望你不要因为这件令人震惊的事而过于难受。对于一个从未接触过这类事的人来说，与谋杀犯近在咫尺一定非常恐怖。"

出于羞怯，马普尔小姐没告诉他自己已经对谋杀案司空见惯了。她只是说，圣玛丽米德村的生活并不像外人所想的那样宁静祥和。

"村庄里也会发生一些很可怕的事。"她说，"在那儿，你有机会见识到城里人想都不敢想的事。"

刘易斯·塞罗科尔德听着，显得有些心不在焉。他简单地说："我需要你的帮助。"

"当然可以，塞罗科尔德先生。"

"这件事有关我的妻子，有关卡罗琳。你和她的交情不错吧？"

"是的，不错。她和所有人的关系都很好。"

"我也这么想。但也许我弄错了。经柯里警督允许，我会告诉你一件别人都不知道的事情——或者说除我以外只有一个人知道的事。"

他简要地把前一天晚上和柯里警督的谈话说了一遍。

马普尔小姐似乎吓了一大跳。

"我无法相信，塞罗科尔德先生。我真的无法相信。"

"克里斯蒂安·古尔布兰森告诉我时我也这么觉得。"

"我觉得卡莉·路易丝在这个世上没有一个敌人。"

"实在是不可思议。但确实有这么个人。你明白这意味着什么吗？投毒——慢性投毒——肯定是家庭内部的人干的，肯定是和这个家关系密切的什么人干的。"

"你能确定古尔布兰森先生没弄错吗？"

"克里斯蒂安不会弄错的。他非常细心，不会毫无根据地妄下断言。警方拿走了卡罗琳的药瓶和她吃过的一些药，发现里面都有砒霜——医生可不会把砒霜当药开。定量检测还需要一些时间，但存在砒霜是明确无误的了。"

"她的风湿病……步行困难……所有那些……"

"腿部肌肉痉挛是砒霜中毒的典型症状。你来之前，卡罗琳得过一两次严重的胃病——克里斯蒂安来之前我做梦也没想到……"

92

他不再说话了。马普尔小姐轻声说："看来露丝说对了！"

"露丝怎么说？"

刘易斯·塞罗科尔德的声音很惊讶。马普尔小姐脸红了。

"有些事我没告诉你。我来这儿不完全是偶然的。让我跟你解释——我说事情总是说不太清，请耐心一些。"

马普尔小姐把露丝的不安和请求说给他听。

"太离奇了，"刘易斯·塞罗科尔德说，"我完全没料到。"

"没有切实的证据，"马普尔小姐说，"不知道露丝为什么会这么想。但肯定有原因——以我的经验，她会产生这样的想法，一定有背后的理由——不过她能想到的只是'有些事似乎不太对头'。"

刘易斯·塞罗科尔德阴沉着脸说："也许她说得对。马普尔小姐，你明白我的处境了吧？该不该把这事告诉卡莉·路易丝呢？"

马普尔小姐飞快地说："这肯定不行。"说完她红着脸，犹豫地看着刘易斯。后者点了点头。

"看来你我的想法一致了？克里斯蒂安·古尔布兰森生前也这么想。我们能不能把她当作一个普通女人来看待呢？"

"卡莉·路易丝可不是什么普通女人。她靠信仰生活，靠她对人性的信仰 ——这么说是不是有些不太合适？但在我们弄清是谁——"

"对，这才是问题的关键所在。但你也知道，马普尔小姐，什么都不说也存在着些危险。"

"所以你是要我——这么说行吗，你是要我监视她，对吗？"

"你是我唯一信任的人。"刘易斯·塞罗科尔德挑明了，"这里的人看上去都很爱她，但事实是这样的吗？你和她的交情最久，又没有什么利害冲突，我只能相信你了。"

"我是几天前才来的。"马普尔小姐适时地说了一句。

刘易斯·塞罗科尔德笑了笑。

"这样才好。"

马普尔小姐说："这件事肯定与金钱关系密切，杀了路易丝谁会获利呢？"

"钱！"刘易斯愤愤地说，"一切又归结到了'钱'字上。"

"我认为事情肯定和钱有关。卡莉·路易丝既可爱又很有魅力，无法想象会有人不喜欢她。我觉得她不可能有敌人。正如你所说，事情最后又归结到钱的问题上了。塞罗科尔德先生，不用说你也知道，有人为了钱什么都干。"

"你说得对，的确是这样的，没错。"他又说，"柯里警督也想到了这一点。吉尔福恩先生今天从伦敦过来，他会提供详细情况的。吉尔福恩所在的吉尔福恩－詹姆斯律师事务所非常有声望。吉尔福恩的父亲是最初的董事之一，卡罗琳的遗嘱以及埃里克·古尔布兰森的遗嘱原件都是在他们的帮助下起草的。希望这种简单的解释能让你明白。"

"谢谢你，"马普尔小姐感激地说，"我总觉得法律很神秘。"

"埃里克·古尔布兰森捐赠设立了家族学院、各种奖学金、信托公司以及各种慈善机构，给女儿米尔德里德和养女皮帕（吉娜的母亲）分别留了一份等价的遗产，剩下的钱他以信托形式留了下来，信托收入用来维持卡罗琳后半生的生活。"

"卡罗琳去世以后呢？"

"去世后财产会平分给米尔德里德和皮帕——如果这两个人先于卡罗琳去世，那就分给她们的后代。"

"也就是斯垂特夫人和吉娜，是吗？"

"是的。卡罗琳的财产也非常多——尽管不能与古尔布兰森留给她的遗产相比。四年前，她把其中一半转到我的名下，又拿出一万英镑留给朱丽叶·贝莱弗，其余的平分给她的两个继子亚历克斯和斯蒂芬·雷斯塔里克。"

"老天，"马普尔小姐说，"太糟了，真是太糟了。"

"你这是什么意思？"

"也就是说，这幢房子里的人都有动机。"

"是的，但你也要知道，我不相信这些人中的任何一个想要杀她。我自然不可能……米尔德里德是她女儿，得到的财产已经不少了。吉娜很爱她外婆，她花钱大手大脚，但没有占有欲。乔利·贝莱弗忠于卡罗琳。雷斯塔里克兄弟俩关心卡罗琳就像关心自己的母亲一样。他们没什么钱，但卡罗琳拿出好多钱资助他们的事业，特别是亚历克斯。我绝不相信他们中会有一个为了继承遗产而故意毒死她。马普尔小姐，我绝对不相信。"

"你没算上吉娜的丈夫吗？"

"对，"刘易斯严肃地说，"还有吉娜的丈夫。"

"没人了解他。他只是个负气的年轻人而已。"

刘易斯叹了口气。

"他不适应这里——一点都不适应。他对我们的事业既没兴趣也不支持。话说回来，他为什么要支持呢？他年轻、不成熟，来自于那个靠个人成功来确定价值的国家。"

"而这里的人只对失败感兴趣。"马普尔小姐说。

刘易斯·塞罗科尔德困惑而机敏地看了她一眼。

她的脸又红了，然后不连贯地轻声说："有时候我认为越是家境好的人越容易做出格的事……我是说那些继承了丰厚遗产的年轻人，他们在良好的家庭环境中长大，有精神也有能力过上富足的日子——这些人，你会觉得国家终归需要他们这样的人。"

刘易斯皱起眉头，马普尔小姐还在往下说，情绪激动使她的脸越来越红，话也越来越不连贯了。

"不是我不明白，我真的很明白，你和卡莉·路易丝做的是令人尊敬的工作……你们真的很有热情……人应当有热情……毕竟人才是最重要的——人的运气有好有坏，人们总希望自己能走运，但我有时觉得平衡也很重要——塞罗科尔德先生，我不是在说你。我也不明白自己在说什么——英国人在这方面的确很怪。在战争期间，他们更愿意讨论失败及撤退，而不愿提及胜利。外国人永远不明白我们为什么对敦刻尔克英军失败后的撤退那么自豪。他们总不愿谈及这种事。我们好像对胜利感到难为情，认为胜利没什么好夸耀的。相反，我们喜欢说起在克里米亚的惨败，描写那场失败的诗《复仇》甚至还流传到了西班牙。想想就觉得奇怪！"

马普尔小姐呼吸了一口新鲜空气。

"其实我是想说，这里的一切对年轻的沃尔特·赫德来说都很奇特。"

"是的，"刘易斯肯定地说，"我明白你的意思。沃尔特有很优秀的参战履历，他的勇敢是不容怀疑的。"

"这什么都说明不了，"马普尔小姐坦诚地说，"战争是一回事，生活是另一回事。谋杀的确需要勇气，但更多的是需要计谋。对，是计谋。"

"我认为沃尔特·赫德没有充分的动机。"

"没有吗？"马普尔小姐说，"他讨厌这里，想要离开，想带走吉娜。如果他想要钱——有一点也很重要，那便是在吉娜对别人产生更深的爱恋之前，他必须得到这笔钱。"

"对别人产生爱恋？"刘易斯诧异地问。

热情的社会改革家对此事的无知令马普尔小姐大为不解。

"是的，雷斯塔里克两兄弟都爱上了她。"

"才不会呢。"刘易斯心不在焉地说，"斯蒂芬对我们而言价值非常大——他的价值无可比拟。他有办法让小伙子们追随他，对戏剧产生浓厚的兴趣。他们上个月做了一次精彩的演出。布景，服装，一切都非常好。正如我同马弗里克大夫说的那样，由于生活中缺少戏剧化才导致他们犯罪，把人格戏剧化能焕发出他们的童心。马弗里克说——对了，说到马弗里克——"刘易斯突然改变了话题，"我想让马弗里克与柯里警督谈谈埃德加的事，整件事都太荒唐了。"

"塞罗科尔德先生，关于埃德加·劳森，你究竟知道些什么？"

"任何事，"刘易斯肯定地说，"应该了解的我都了解。他的背景，成长，以及由来已久的不自信——"

马普尔小姐打断了他的话。

"不会是埃德加·劳森给塞罗科尔德夫人下的毒吧？"她问。

"不太可能。不管怎么说，他才来几个星期。真是太可笑了！他干吗要毒死我太太？这么做他又能得到什么好处？"

"我想不是物质方面。也许有一些离奇的理由。毕竟他是个怪人啊。"

"你是想说他精神错乱吗？"

"不全是。我的意思是他整个人都很不正常。"

马普尔小姐并没把这句话的意思完全说明白。刘易斯·塞罗科尔德也只是从字面去理解。

"是的，"他叹了口气说，"他整个人都不太正常，可怜的孩子。但他正变得越来越好。我也不知道情况为什么会突然恶化。"

马普尔小姐斜过身子，专心地听他讲话。

"是的。我也不明白。如果——"

这时柯里警督走进门，马普尔小姐赶紧闭上了嘴。

第十二章

刘易斯·塞罗科尔德离开后，柯里警督坐下来，冲马普尔小姐诡异地笑了笑。

"看来塞罗科尔德先生请你做他的密探了。"他说。

"是的。"马普尔小姐抱歉地补充道，"希望你别介意。"

"我才不会介意呢。我想这是个好主意。塞罗科尔德先生也许还没意识到请你做密探是再合适不过的了。"

"我不太懂你的话，警督大人。"

"他只不过把你当成和他太太有过同学经历的慈祥老太太，"他冲着她摇了摇头，"马普尔小姐，我们对你的了解可不止这些，你说呢？虽然是个小地方，但你们那里的犯罪可真不少。塞罗科尔德先生只知道改造少年犯，他觉得这些人还有前途，有时这观点令我十分厌倦。也许我说得不对，也许我有些过时了，但顺利走在生活之路上的年轻人也不少，正直也需要回报——这些百万富翁应该用信托基金帮助那些值得帮助的人。请别介意，我落伍了。我见过一些年轻人，一切都不顺利，家庭生活不幸，运气不好，条件不好，但还是靠一股韧劲走了过来。如果我有钱，我会帮这样的人。但话说回来，我永远也不会有那么多钱。我只有养老金和一个还算不错的花园。"

他冲马普尔小姐点了点头。

"布莱克尔警长昨晚跟我说了你的情况。他说你熟知人性中丑恶的一面。我想听听你的看法，谁是嫌疑犯？是那个美国大兵吗？"

"让每个人满意的答案就只有他了。"马普尔小姐说。

柯里警督兀自笑了笑。

"一个美国大兵把我最喜欢的女孩骗走了，"他缅怀起往事来，"我自然对他们有偏见。他的举止再无可挑剔，也打消不了我对他的怀疑。让我们听听你作为业余侦探的观点。你认为是谁一直偷偷摸摸地给塞罗科尔德夫人下毒啊？"

马普尔小姐慎重地说："一般来说，人们很容易认为是丈夫干的。如果情况相反，那就是妻子干的。投毒案基本不都是遵循这个原则吗？"

"你说到我心里去了。"柯里警督说。

马普尔小姐摇了摇头："但在眼下的这件事里，这个规则不适用。坦率地说，我不会怀疑塞罗科尔德先生，因为你想想，警督，他真心爱妻子。他可以为此大加炫耀，但他没有。这种爱平和而真诚。他深爱妻子，我敢肯定，他不会下毒。"

"他也没有这么做的动机，他夫人早就把钱转给他了。"

"丈夫认为妻子碍事自然还有别的原因，"马普尔小姐严肃地说，"比如喜欢上了年轻的女人。但这个案子中没有任何这方面的迹象，塞罗科尔德先生不像移情别恋了。我真这么觉得。"她似乎有些遗憾地说，"我们可以先把他排除在外。"

"很遗憾，对吗？"柯里问。他笑了笑，接着说："不管怎么说，他不可能杀古尔布兰森。事情肯定是一环套一环的。杀死古尔布兰森的肯定和给塞罗科尔德夫人下毒是同一个人，他害怕古尔布兰森揭他的底。我们现在必须得知道昨晚谁有机会下手杀古尔布兰森。最值得怀疑的无疑是沃尔特·赫德。他打开台灯导致保险丝烧坏，制造走出大厅去查看保险丝箱的机会。保险丝箱就在厨房边的过道里，与主走廊相通。大家听到枪声的时候只有他不在大厅。因此他是一号疑凶。"

"二号疑凶是谁？"马普尔小姐问。

"是亚历克斯·雷斯塔里克，当时他独自在赶往这幢房子的途中，用的时间又意外地长。"

"还有别的怀疑对象吗？"马普尔小姐探出身子，急切地说，"你能告诉我这些真是太好了。"

"当然得告诉你了，"柯里警督说，"我需要你的帮助。你说'是否还有别的什么人'，这句话正好切中了问题的要害。因此我觉得这个问题完全可以依赖你。昨天晚上你就在大厅，能告诉我谁出去过——"

"是的，没错，我本该告诉你的……但这样真的行吗？你要明白……当时的情形……"

"你想说大家的注意力都集中在塞罗科尔德先生书房内的争执上，是吗？"

马普尔小姐用力地点了点头。

"是的，当时我们真的都吓坏了。劳森先生看上去很疯狂。除了塞罗科尔德夫人无动于衷之外，其他人都担心他会伤害塞罗科尔德先生。他大喊大叫，说着最难听的话——我们听得很清楚，屋里的大多数灯都灭了，其他我什么都没注意到。"

"你是说骚乱时谁都可能溜出大厅，沿着走廊杀死古尔布兰森先生然后再溜回来，是吗？"

"我想有这个可能……"

"你知道当时谁一直在大厅里吗？"

马普尔小姐想了想。

"我只知道塞罗科尔德夫人没动过——因为我一直看着她。她离书房的门很近，她的镇静让我十分惊讶。"

"其他人呢？"

"贝莱弗小姐出去了，不过我想——几乎可以肯定是枪响之后出去的。斯垂特夫人我就不清楚了，她坐在我背后。吉娜坐在远处的窗边。我觉得她一直在那里，当然，我不是很肯定。斯蒂芬坐在钢琴边，争吵加剧时他停止了演奏……"

"我们不能被听见枪响的时间所误导，"柯里警督说，"以前也有人玩过这样的把戏。虚开一枪，捏造犯罪时间。如果贝莱弗小姐如此设计（有些牵强，但谁也说不准），那她就可以在枪响后再离开。我们不能只注意枪声，必须把范围定在克里斯蒂安·古尔布兰森离开大厅，到贝莱弗小姐发现他死之间，只能排除在这期间没机会下手的人。似乎只有书房里的刘易斯·塞罗科尔德和埃德加·劳森，以及大厅里的塞罗科尔德夫人。真糟糕，古尔布兰森被害与塞罗科尔德和劳森发生冲突恰巧在同一个晚上。"

"你觉得这只是糟糕吗？"马普尔小姐轻声问。

"你怎么认为？"

马普尔小姐低声说："我觉得是有人故意这样安排的。"

"此话怎讲？"

"这么说吧，人人都觉得劳森突然犯病是件十分奇怪的事。他得了一种奇怪的综合征，痴迷于找寻未知的父亲。温斯顿·丘吉尔，蒙哥马利勋爵，只要是有名的人都被他认作父亲。如果有人告诉他刘易斯·塞罗科尔德才是他真正的父亲，并且迫害了他，从权利上讲，他才是石门山庄的主人——基于脆弱的思维方式，他接受了这个想法，变得十分狂躁。我看他迟早还会像昨晚那样大闹一场。这是个多妙的幌子！人人都在注意事态的发展——有人还故意给了他一把左轮手枪呢！"

"对。那把左轮手枪是沃尔特·赫德的。"

"是的，"马普尔小姐说，"我想过这点。可尽管沃尔特不善于沟通，性格阴沉不讨喜，但我觉得他还没那么傻。"

"这么说……你认为不是沃尔特干的？"

"如果是的话，大家或许会松一口气。这么说可能不太客气，但这只因为他是个外来者。"

"他妻子会怎样？"柯里警督问，"她也会松一口气吗？"

马普尔小姐没有回答。她正在想初来乍到时看见吉娜和斯蒂芬·雷斯塔里克站在一起时的情景。她又想到了亚历克斯·雷斯塔里克昨晚一进大厅就目光直逼吉娜的样子。吉娜自己又是怎么想的呢？

两小时之后，柯里警督靠在椅子上伸了个懒腰，叹了口气。他说："我们厘清了一些事实。"

莱克警员点头表示同意。

"用人都不在场。"他说，"住在这里的用人那时恰巧都待在一起，不在这儿住的都回家了。"

柯里点点头，他的脑子里一团糟。

他拜访了治疗师、教师，以及那天正巧轮到和一家人共进晚餐的三个"年轻小子"——他们的话互相吻合，而且都得到了核实。这些人可以排除掉，他们集体行动，没人独来独往，都有充分的不在场证明。依据柯里的判断，只有学院负责人马弗里克大夫暂时还没有摆脱嫌疑。

"莱克，现在就让他过来吧。"

年轻医生健步走了进来，他穿着整洁，戴一副低架眼镜，表情漠然，不动声色。

马弗里克证实了他同事的证词，对柯里的发现也大加赞同。学院的管理极其严格，不会有什么漏洞。克里斯蒂安·古尔布兰森的死和"年轻病员"无关，柯里被这里的医疗气氛所感染，差点也用起了这个词。

"警督，他们不过是些病人而已。"马弗里克大夫笑着说。

这是种盛气凌人的笑，作为一个普通人，柯里警督对这种笑非常反感。

他拿出警官的语气，说："马弗里克大夫，能描述一下你当晚的活动吗？"

"当然可以。我照大致的时间粗略地记录了一下。"

马弗里克大夫九点一刻和莱西先生、鲍姆加登大夫离开大厅去了鲍姆加登先生的房间，他们一直在那儿讨论治疗课程，直到贝莱弗小姐匆匆赶来，让马弗里克大夫去大厅才分开。那时大约是九点半。他马上去大厅，发现埃德加·劳森正处于精神崩溃边缘。

柯里警督略微有些惊讶。

"马弗里克大夫，在你看来，那个年轻人的精神肯定有问题，对吗？"

马弗里克大夫高傲地笑了笑。

"柯里警督，每个人的精神都有问题，你我也不例外。"

无稽之谈，警督心想。不管马弗里克大夫觉得自己是什么人，柯里很明白，自己绝不是什么精神病患者。

"他能对自己的行为负责吗？他知道自己在干什么吗？"

"当然知道。"

"用枪对准塞罗科尔德先生就是蓄意谋杀了。"

"不，柯里警督。不是那样的。"

"马弗里克大夫，墙上的两个弹孔我都看见了，子弹肯定是擦着塞罗科尔德先生的头过去的。"

"也许吧。但劳森无意杀害或伤害塞罗科尔德先生。他非常喜欢塞罗科尔德先生。"

"这样表达喜爱未免太离奇了吧？"

马弗里克大夫又笑了。柯里警督发现他这回笑得十分勉强。

"警督，每个人做事都是有企图的。忘掉哪个名字或哪张面孔是因为你想忘掉它，只是你没意识到这一点。"

柯里警督对此表示怀疑。

"你的每次口误都有其含义。埃德加·劳森当时离塞罗科尔德先生只有几英尺远，他本来可以轻而易举地杀了他，却没有打中。为什么没打中呢？因为他有意不想打中，就这么简单。塞罗科尔德先生根本没有危险——他自己也很清楚这一点。他十分理解埃德加这番举动的含义——对世界的蔑视与憎恶。劳森儿时就被剥夺了生存最起码的条件——安全感与爱。"

"我得见见这个年轻人。"

"当然可以。昨晚的发作起到了宣泄的作用，今天他的情况好多了。塞罗科尔德先生知道后一定会很高兴。"

柯里警督瞪着他，但马弗里克大夫还像先前那样严肃。

柯里叹了口气。

"你有砒霜吗？"他问。

"怎么会想到砒霜？"马弗里克大夫对这个问题感到十分意

外，他明显被打了个措手不及，"这个问题太奇怪了。这案子和砒霜有关吗？"

"你只管回答就好。"

"没有，我没有任何种类的砒霜。"

"但你有其他药吧？"

"当然了。镇静剂、巴比妥类药物和吗啡。这些药都很常见。"

"你为塞罗科尔德夫人看病吗？"

"不。金布尔市场的冈特大夫是这里的家庭医生。我也有医学学位，但我只看精神病专科。"

"明白了。谢谢你，马弗里克大夫。"

马弗里克大夫出去时，柯里警督对莱克小声说他非常讨厌精神科医生。

"去见见家里的其他人吧，"警督说，"我想先见年轻的沃尔特·赫德。"

沃尔特·赫德的态度很小心。他警觉地打量着两位警官，但态度十分配合。

"石门山庄的电线有许多破损处，整个供电系统都老化了。美国早就不用这样的系统了。"

"古尔布兰森先生肯定在电灯还是件新奇事物时就安装了这套系统。"柯里警督微笑着对沃尔特说。

"我也这么想！古老而封建的英国人，永远赶不上时代。"

沃尔特接着回忆昨晚的情况。控制客厅里大多数电灯的保险丝烧断了，他去保险丝箱检查，很快便修好了保险丝，又回到大厅里。

"你离开了多久？"

"我说不准。保险丝箱所在的方位很不便，必须带着蜡烛走台阶，大约用了十分钟，也许十五分钟吧。"

"听见枪声了吗？"

"没听见，也没听见类似枪声的任何声音。有两扇门通往厨房，其中一扇还包了层毡子。"

"回到大厅后你看见什么没有？"

"他们都拥在塞罗科尔德先生的书房门口，斯垂特夫人说有人用枪打死了塞罗科尔德先生——但事实不是那样的。他好好的，子弹没打中他。"

"你认出了那把左轮手枪，是吗？"

"当然认得出！那是我的枪。"

"你最后一次看到那把枪是在什么时候？"

"两三天以前。"

"你把它放在哪儿？"

"房间的抽屉里。"

"都有谁知道你把枪放在那儿？"

"我不知道他们都知道些什么事。"

"赫德先生，你这是什么意思？"

"他们全都是些疯子！"

"你走回大厅时所有人都在那儿吗？"

"你说的所有人是什么意思？"

"是指你离开大厅出去修保险丝时聚集在大厅里的人。"

"吉娜还在……白发老太太还在，我没特别留意贝莱弗小姐——但所有人应该都在。"

"古尔布兰森先生是前天突然到访的，对吗？"

"是的，这不合常理。"

"有人因为他来这里而生气吗？"

沃尔特·赫德思考了片刻。

"没有。我认为没有。"

他又一次谨慎起来。

"知道他为什么来这儿吗？"

"是因为他们宝贵的古尔布兰森信托公司吧。这里的机构很疯狂。"

"美国也有这种所谓的'机构'吧？"

"进行资助是一回事，与少年犯实地接触是另一回事。当兵时我就受够了部队里的精神病医生。这个地方却变本加厉，教这些小流氓编筐雕物。小孩子的把戏！娘娘腔！"

柯里警督没发表任何看法，兴许他也同意这一点。

他看着沃尔特，小心翼翼地说："这么说，你并不知道是谁杀了古尔布兰森先生，对吗？"

"依我看，是学院里哪个聪明的孩子在一试身手。"

"赫德先生，这不可能。尽管学院精心营造出一种自由的气氛，但它仍然接近于拘留所，有自己的一套运作模式。天黑以后没人能出入自由地去杀人。"

"我觉得不该排除他们作案的可能性！如果要说家里人的话，我认为亚历克斯·雷斯塔里克最有可能。"

"为什么这么说？"

"他有机会。当时他一个人开车在路上。"

"他为什么要杀克里斯蒂安·古尔布兰森？"

沃尔特耸了耸肩。

"我是外人，不了解这个家族。也许老头听说了有关亚历克斯的事，要向塞罗科尔德家的人泄密吧。"

"会有什么后果呢？"

"他们会切断亚历克斯的财路。他本来可以用这笔钱做许多事。"

"你是指他的戏剧事业吗？"

"他是这么说的。"

"他的钱还有别的用处吗？"

沃尔特·赫德又耸了耸肩。"我不知道。"他回答说。

第十三章

亚历克斯·雷斯塔里克很健谈，说话时还不时用手比画着。

"我清楚，我十分清楚。我是最理想的疑犯。我独自一人开车回家，心血来潮。我不指望你们能理解。你们又怎么能明白呢？"

"也许我能明白。"柯里冷冰冰地说，但亚历克斯·雷斯塔里克还在滔滔不绝地往下讲。

"我经常会有这种心血来潮的时候！不知什么时候就冒出一个主意来。想达到某种效果——有时只是个想法，把其他事都抛在脑后。下个月我导演的《石灰房》就要公演了，突然，我发现，路上的场景简直太美了……绝妙的灯光，大雾——前灯的灯光穿透雾气，然后被反射回来，依稀映照出几幢高大的建筑。一切都非常完美！枪声——奔跑的脚步声——发动机的咔嚓咔嚓声——仿佛在泰晤士河上开船。这就是我想达到的效果，但如何才能达到呢？接着——"

柯里警督插话道："你听到枪声了是吗？在哪儿听到的？"

"警督，在雾里听到的。"亚历克斯挥舞着手——保养得很好的丰满双手，"在雾里听到的，这正是精彩之处。"

"你没觉得有什么不对劲吗？"

"不对劲？怎么会？"

"枪声应该很少会听到吧？"

"我就知道你不会明白！枪声正好迎合了我所创造的场景。剧里需要枪声，需要险情，甚至需要毒品——只要够疯够狂就好。我干吗在乎是不是谋杀呢？也许是马路上哪辆货车回火了？也许是偷猎者在打野兔？"

"这一带的人更喜欢用陷阱引野兔上钩。"

亚历克斯继续说道："也许是小孩在放鞭炮？我根本没想到会是真的枪声。我当时仿佛置身于石灰房里——更准确地说是在剧院里看戏，正看着《石灰房》。"

"有几声枪响？"

"我不知道，"亚历克斯任性地说，"两三声吧。有两声挨得很近，这点我记得很清楚。"

柯里警督点了点头。

"你还提到奔跑的脚步声？那声音是从哪儿传来的呢？"

"在雾里，从房子附近的某个地方发出来的。"

柯里警督轻声说："这意味着谋杀克里斯蒂安·古尔布兰森的凶手是从外面来的。"

"当然了，为什么不是呢？你总不会以为凶手是家里人吧？"

柯里警督仍然压低了声音说："我们得考虑各方面的情况。"

"我想应当如此，"亚历克斯·雷斯塔里克很理解地说，"警督，你的工作太费精力了！包括时间、地点在内的细节和重重诡计都得考虑清楚。末了，你又会有什么好处呢？升天的克里斯蒂安·古尔布兰森还能复活吗？"

"雷斯塔里克先生，认识你真让人高兴。"

"我是个豪放的西部人！"

"你和古尔布兰森先生很熟吗？"

"警督，还没熟到去杀他的地步。我自小就住在这儿，时不时见他一面。他很少来这儿，却是掌管业务的重要人物之一。我对他这种人不怎么感兴趣。听说他收集了许多索沃尔德森的雕塑作品……"亚历克斯耸了耸肩膀，"这就足以说明问题了，不是吗？上帝，这些有钱人啊！"

柯里警督若有所思地看着他，然后问亚历克斯："雷斯塔里克先生，你熟悉毒药吗？"

"他是被毒死的吗？我的老天，他不会是先被下了毒然后才被枪杀的吧。这个故事简直太疯狂了。"

"他不是被毒死的。你还没回答我的问题呢！"

"毒药有着非常强大的魅力……不如左轮手枪或钝器那么残忍。说到毒药，我承认我对此知之不多。"

"你有砒霜吗？"

"演出后放在三明治里吗？这个想法真有意思。你认识罗斯·格里登吗？那些女演员一门心思想着玩花样、搏上位！罗斯有一次就用了毒药。我从来没想过使用砒霜。这种从除草剂或毒蝇纸中提取出来的东西我才不会用呢。"

"雷斯塔里克先生，你多长时间来这里一次？"

"警督大人，这可没个固定规矩。有时几个星期都不来，但我尽量每个周末都抽点时间来一趟，我一直把石门山庄当成自己真正的家。"

"塞罗科尔德夫人喜欢你经常来吗？"

"欠塞罗科尔德夫人的我永远都偿还不了。她给予的同情，爱护和理解——"

"还有不少钱吧？"

亚历克斯似乎很讨厌这种说法。

"她把我当儿子看，她欣赏我的工作。"

"她跟你谈过遗嘱吗？"

"当然谈过。警督，问这个有什么意义呢？塞罗科尔德夫人可没出过问题啊。"

"最好别出问题。"柯里警督沉下了脸。

"你到底是什么意思？"

"不知道就最好别问。"柯里警督说，"如果知道的话——你就走着瞧吧。"

亚历克斯出去以后，莱克警员说："满嘴胡话，你说是吗？"

柯里摇摇头。

"不一定。他可能的确有创造力，可能就喜欢生活轻松和夸夸其谈，到底是个怎样的人很难说得清楚。他说听见了跑动的脚步声，是吗？我敢打赌这是他编的。"

"有什么特别的理由吗？"

"当然有特别的理由，虽然我还没找到，但总会找到的。"

"先生，或许是几个聪明小子溜出学院大楼干了这事，也可能是浑水摸鱼的盗贼，如果是这样的话……"

"凶手就是要引导我们这样想。这个结论对谁都好。莱克，但要真是这样的话，我就把那顶新软帽给吞下去。"

"我当时正好在弹钢琴，"斯蒂芬·雷斯塔里克说，"弹了没多久，就听见刘易斯和埃德加的吵闹声。"

"你怎么看那件事？"

"说老实话，我没把那当回事。那个穷小子经常这样。他并不是真的糊涂，只是想发泄发泄。事实上，他瞧谁都不顺眼——

特别是吉娜。"

"吉娜？你是指赫德夫人吗？他为什么生她的气呢？"

"因为她是女人——一个漂亮女人。吉娜却认为他很滑稽！她算半个意大利人，意大利人潜意识里都有些残酷。他们对老人，丑陋的人或某方面奇特的人没有任何同情心。他们喜欢随意指摘、讥笑那些人。吉娜就是这样。她对埃德加一点好感都没有。他荒唐又自负，骨子里对自己没信心。他想引人注意，却只让自己看上去更傻。小伙子的不幸遭遇对吉娜而言根本不算什么。"

"你是说埃德加·劳森爱上赫德夫人了吗？"柯里警督问。

斯蒂芬乐呵呵地说："是的。其实我们多少都有些喜欢她！她也喜欢被很多人爱。"

"她丈夫喜欢这样吗？"

"他肯定不喜欢。这也挺受罪的，可怜的小伙子。事情总不能拖着，我是指他们很快就将结束婚姻。那只是战争造成的一个小错误而已。"

"有意思，"警督说，"但我们跑题了，我们正谈的是克里斯蒂安·古尔布兰森的谋杀案。"

"是啊，"斯蒂芬说，"但关于这件事我没什么可以告诉你的。我一直坐在那儿弹钢琴，直到乔利拿着一串生锈的钥匙，尝试用其中一把打开书房的锁才停下。"

"你一直在钢琴边不间断地弹琴吗？"

"你是说给书房里发生的大事件伴奏吗？不，争吵加剧时我便停了下来。我很清楚结局会如何。刘易斯有双非常有魔力的眼睛，只要看上埃德加一眼，埃德加就会瞬间崩溃。"

"但埃德加还是开了两枪。"

斯蒂芬轻轻地摇了摇头。

"他那不过是在演戏罢了。他喜欢这么干。我母亲过去也常这样，我四岁时她不是死了就是和别人私奔了。我记得她只要不顺心就会拿着枪发火。她在一个夜总会就这么干过，她的枪法不错，用弹孔在墙上画了个图案。但惹的麻烦可不小。你知道吗，她是个苏联的舞蹈演员。"

"雷斯塔里克先生，能否告诉我昨晚你在大厅时——也就是枪响前后——有谁离开过吗？"

"沃利出去修电灯了。朱丽叶·贝莱弗出去找钥匙开书房的门。据我所知，再没有别人出去过了。"

"如果真有人出去了，你会觉察到吗？"

斯蒂芬想了想。

"可能不会。如果有人来去都静悄悄的话。大厅里太暗了，加上我们全都全神贯注在书房里的争吵上。"

"你能肯定谁一直没出去过吗？"

"塞罗科尔德夫人——对，还有吉娜。我发誓她们肯定没出去过。"

"谢谢你，雷斯塔里克先生。"

斯蒂芬朝门走了过去，但他犹豫了一下，又转过身来。他问："砒霜是怎么回事？"

"谁和你说过砒霜的事？"

"我弟弟。"

"哦，是他啊。"

斯蒂芬说："是不是有人一直在给塞罗科尔德夫人下毒？"

"你怎么会想到塞罗科尔德夫人？"

"我读到过一些砒霜中毒的症状。末梢神经炎，是这种疾病，对吗？这正好说明最近一段时间以来她的身体为什么那么差。昨晚刘易斯把她的补药拿走了，这之间有没有什么关联？"

"这件事正在调查中。"柯里警督尽可能用不偏不倚的语气回答。

"她知道这件事吗？"

"塞罗科尔德先生认为我们不该惊扰到她。"

"警督，'惊扰'这个词可不对，塞罗科尔德夫人从来不会被任何事所惊扰……克里斯蒂安·古尔布兰森就是为这件事死的，对吗？他知道有人在给她下毒——但他又是如何发现的呢？不管怎么说，这件事太不可思议了，也太荒唐了。"

"雷斯塔里克先生，你对此感到非常惊讶吗？"

"是的。亚历克斯告诉我时，我几乎不能相信。"

"依你看，谁可能给塞罗科尔德夫人下毒呢？"

斯蒂芬·雷斯塔里克英俊的脸上掠过一丝笑容。

"肯定不是一般人干的，可以排除她丈夫的可能性。刘易斯·塞罗科尔德不会从中得到什么好处，他崇敬他夫人，甚至不能忍受她小指头上有点疼痛。"

"那会是谁呢？你有什么想法吗？"

"我的确有些想法。我觉得这件事事出有因。"

"请你解释一下。"

斯蒂芬摇了摇头。

"只能从心理因素去解释，无法从其他方面来看。另外，我没有任何证据，所以还是不说为好。"

斯蒂芬·雷斯塔里克平静地走了出去，柯里警督在面前的白纸上画着像猫一样的图案。

他在考虑三件事。第一件，斯蒂芬·雷斯塔里克很会替自己着想；第二件，斯蒂芬·雷斯塔里克和弟弟串通好了；第三件，斯蒂芬·雷斯塔里克很英俊，而沃尔特·赫德相貌平平。

他对两件事很不理解——斯蒂芬所说的"从心理因素去解释"到底是什么意思；坐在钢琴边的斯蒂芬能否看见吉娜。他认为绝对看不到。

吉娜走进阴暗的书房，她的出现让房间一下子亮堂了许多。连柯里警督看见这位容光焕发的女士时也眨了眨眼。她坐下后身体略往桌上靠了靠，征询地问："找我有什么事？"

柯里警督见她上身穿着红衬衫，下身穿深绿色宽腿裤，便冷冷地问："赫德夫人，你怎么没穿丧服呢？"

"我没有丧服，"吉娜回答，"大家都认为应当穿黑衣服，再戴上些珠宝。我不这么想，我讨厌黑色，我觉得黑色很丑陋，只有招待和看门人才穿黑衣服。再说，克里斯蒂安·古尔布兰森是八竿子都打不着的亲戚，他只是我外婆的继子。"

"我想你和他应该不怎么熟吧？"

吉娜摇了摇头。

"我小时候他来过三四次，战争爆发后我去了美国，六个月前才回到这里。"

"你是回来定居的吗？不只是单纯来看看？"

"我还没认真想过。"吉娜说。

"古尔布兰森先生昨晚回房间时你在大厅吗？"

"是的，他道过晚安后便离开了。外婆问他是否都安排妥当了，他说是的——乔利把一切都安排得很妥帖。可能和原话有差异，但也差得不多。他说有封信要写。"

"后来呢？"

吉娜把刘易斯和埃德加之间的争吵又描述了一遍，这个故事柯里警督已经听了许多遍，但吉娜的表述使之增添了几分趣味，变成了一出戏。

"用的是沃利的左轮手枪，"她说，"埃德加竟有胆从他的房间里偷出来，我真不敢相信他有那么大的胆子。"

"走进书房后埃德加就关上了门，你当时有所警觉了吗？"

"才不会呢，"说话时吉娜褐色的眼睛睁得大大的，"我喜欢这样，我喜欢这种戏剧化的表演。埃德加总是那么可笑，但谁都不会把他当一回事。"

"可他却用左轮手枪开枪了，不是吗？"

"是的，我们都以为他打中了刘易斯呢。"

"这你也喜欢吗？"柯里警督忍不住问。

"不。当时我吓坏了。除了外婆别人都吓坏了，只有外婆纹丝未动。"

"真是太神奇了。"

"没什么可神奇的。她是那种和世界完全脱钩的人，不相信世界上会有坏事发生，她是个十分可爱的老人。"

"这期间，有谁在大厅里？"

"除了克里斯蒂安舅舅，我们都在。"

"赫德夫人，不是所有人都一直待在大厅里，其间有人出入过大厅。"

"是这样吗？"吉娜含糊不清地问。

"你丈夫不就去修灯了吗？"

"对，沃利很擅长修理。"

"他出去时，有人听见枪响，当时所有人都以为枪声是从停车场传过来的。”

"我记不太清了……没错，那时灯已经亮了，沃利也回来
了。"

"还有谁离开过大厅？"

"应该没有别人了。我完全不记得了。"

"赫德夫人，你当时坐在哪儿呢？"

"靠近窗户旁边。"

"是书房门旁的那扇窗吗？"

"是的。"

"你当时离开过大厅吗？"

"离开？那么热闹的时候我会离开吗？没有。"

吉娜似乎对这个说法很不以为然。

"其他人都坐在哪儿？"

"大部分围着壁炉。米尔德里德姨妈在织毛衣，简姨婆也在
织毛衣——我是说马普尔小姐——外婆坐在那儿，什么也没干。"

"斯蒂芬·雷斯塔里克呢？"

"斯蒂芬？开始时他在弹钢琴，后来就不知道了。"

"贝莱弗小姐呢？"

"像往常一样四处忙活。事实上她就没歇过，一直在找钥匙
或别的什么。"

她突然问："外婆的补药是怎么回事？药剂师在配药时出什
么问题了吗？"

"你为什么这么想？"

"瓶子不见了，乔利四下寻找，白忙活了半天，亚历克斯才
告诉她是警察拿走了，是这样的吗？"

柯里警督没有回答问题，反而问："贝莱弗小姐是不是很生

119

气？”

“乔利总爱大惊小怪，”吉娜满不在乎地说，“我有时都不知道外婆怎么能受得了她。”

“赫德夫人，我还有最后一个问题。你有没有想过是谁杀了克里斯蒂安·古尔布兰森，原因又是什么呢？”

“肯定是个怪人干的。真正的恶棍都十分聪明。他们会为了抢钱抢首饰用棍子把人打死——不单单是为了找乐子。但你要知道，这里住的是些精神失常的家伙，仅仅为了取乐就可能杀人，你不这么想吗？除了认为打死克里斯蒂安舅舅是为了取乐之外，我想不到还会有其他别的动机。不能完全说是取乐——这样说不准确，但——”

“你想不出他们的动机？”

“是的，我就是这个意思。”吉娜感激地说，“凶手什么也没拿走，对吧？”

“赫德夫人，学院大楼当时已经上锁关门了，没有通行证谁都不能出来。”

吉娜笑着说：“别信那个，从哪儿都能出来！他们教了我不少窍门呢。”

“她很活跃，”吉娜出去后莱克评论道，“我觉得她很容易相处。非常可爱的姑娘。有些像外国人，你明白我的意思吗？”

柯里警督冷冷地瞥了他一眼。莱克警员急忙改口说她很开朗。“你也许会说，看上去她很享受这一切。”

“撇开斯蒂芬·雷斯塔里克说她婚姻破裂的话不谈，她在问答中强调沃尔特·赫德在人们听见枪响之前就已经回来了。”

“但别人的看法都和她相反，对吗？”

“是的。”

"她也没提贝莱弗小姐出去找钥匙的事。"

"对，她没有提到……"警督若有所思地说。

第十四章

1

斯垂特夫人比吉娜更适合书房的气氛，她一身本地化装束，黑衣上别了个玛瑙胸针，头上的发网恰好罩住了灰白色的头发。

柯里警督觉得教士遗孀就该是这个样子，不过很少有人相貌正好和身份相符，这令人有些诧异。

甚至连她嘴唇上紧绷的纹路都有教会人士禁欲主张的痕迹。她体现着教会的隐忍和坚韧，但柯里没从她身上看出教会的宽厚。

斯垂特夫人显然很不高兴。

"警督，我以为叫我来是要告诉我什么消息呢，我已经等了一上午了。"

她那种唯我独尊的高傲无疑受到了伤害。柯里警督只得赶紧解释，以平息她的怒气。

"斯垂特夫人，真的很抱歉。你也许还不太明白我们是怎么处理这类事情的。先从不重要的证据着手，挨个排除。然后依靠关键人物来寻找有价值的线索，我们得听取他的判断，这个人必须长于观察，这样就可以核实前面的人说的对不对。"

斯垂特夫人的神色明显缓和了下来。

"我知道了。我只是不太清楚……"

"斯垂特夫人，你是个有成熟判断力的女性。你见过世面，这儿又是你的家，你是这家的女儿，你可以把对家里人的判断告诉我们。"

"我当然可以告诉你们。"米尔德里德·斯垂特说。

"所以，在关于是谁杀了克里斯蒂安·古尔布兰森的问题上，你可以帮我们许多忙。"

"这还有什么疑问呢？谁杀了我哥哥不是已经一清二楚了吗？"

柯里警督靠在椅子上，手摸着唇上那一撮整齐的小胡子。

"我们得仔细点儿，"他说，"你觉得这个问题的答案已经很明显了，是吗？"

"是的。当然是吉娜那个可怕的美国丈夫，他是这里唯一的陌生人，我们对他一无所知。也许他是个可怕的美国土匪呢。"

"但这说明不了他为什么要杀克里斯蒂安·古尔布兰森，对吗？他为什么这么干？"

"因为克里斯蒂安发现了他的什么事，这就是他刚来不久又过来的原因。"

"斯垂特夫人，你能肯定吗？"

"在我看来这非常明显。克里斯蒂安想让别人以为他来是处理与信托公司有关的事情——但那些全都是假话。他一个月前刚来处理过信托公司的事，之后也没发生过什么要紧的事，他这次来一定是要处理私事。他上次来见过沃尔特，也许认得他——或许问过他在美国的一些事——克里斯蒂安在世界各地都有经纪人，可能发现了一些对沃尔特不利的事。吉娜是个傻姑娘，她一直都那样。她和一个自己完全不了解的人结了婚。她对男人非常迷恋！跟过一个被警方追捕的通缉犯，一个已婚男人，还有一个下层社会的烂人。这样的人很难骗过我哥哥克里斯蒂安。克里斯蒂安来这儿就是为了解决这件事，揭发沃尔特，让沃尔特现出原形。沃尔特自然要杀了他。"

柯里警督一边给纸上画的那只猫加上长长的胡须一边说："也许是——吧。"

"你觉得不是这么回事吗？"

"我只能说有这个可能。"警督承认道。

"还有什么别的可能性吗？克里斯蒂安没有敌人。我不明白你为什么还不把沃尔特抓起来？"

"斯垂特夫人，我们得有证据。"

"有心去找很容易就能找到充足的证据。如果你给美国发个电报……"

"我们会调查沃尔特·赫德先生的，这点你尽管放心。但在找到作案动机之前，我们不会采取任何行动。碰巧机缘适合的话——"

"克里斯蒂安刚走他就跟了出去，假装电灯保险丝断了。"

"保险丝的确断了。"

"他能轻易把保险丝弄断。"

"这话不错。"

"他以此为借口，跟着克里斯蒂安到他房间，打死他，再修好保险丝返回大厅。"

"他太太说听到枪响之前他就回来了。"

"不是这样的！吉娜什么都敢说，意大利人从来不说真话。她们连天主教徒都这样。"

柯里警督把有关宗教的话题岔开。

"你认为他妻子和他串通好了，是吗？"

米尔德里德·斯垂特犹豫了一会儿。

"不，我不这么看。"她似乎对不能同意这个说法感到很失望，她说，"那也是动机的一部分——不让吉娜了解他的真面目。吉娜毕竟是他生活的依靠。"

"她是个很美的姑娘。"

"是的，我也认为吉娜很漂亮，当然在意大利人里算是普通的。不过我认为沃尔特·赫德跟吉娜结婚是为了钱，这就是他大老远来塞罗科尔德家的原因。"

"赫德夫人很有钱，是吗？"

"现在还不算。我父亲给我和吉娜的母亲留下了同等数目的一笔钱。吉娜的母亲出嫁后加入了丈夫的国籍（现在的法律也许已经变了），在战争中沾染了父亲的法西斯习气以后，吉娜变得非常自我。我母亲把她宠坏了，她的美国姨外婆范·赖多克夫人更是在她身上花了不少钱，战争期间什么都给她买。不过，从沃尔特的角度来看，在我母亲去世前他得不到多少钱财，只有在母亲去世后，一大笔钱才会转给吉娜。"

"还有你，斯垂特夫人。"

米尔德里德的脸颊有一点变红。

"正如你所说的那样，我的确会继承不少钱。我和丈夫一直过着平静的生活，除了买书，他很少花钱，他是位了不起的学者。我自己的钱已经快增值一倍了，这些钱供我过简朴的生活绰绰有余，还可以用来帮助其他人。至于转给我的钱，我会把它看作是一笔神圣的信托资金。"

"但你不会专门设立个信托资金，"柯里装作没明白她的话，"这些钱将完全属于你。"

"从这个意义上来说的确没错，它将绝对属于我。"

斯垂特夫人说"绝对"一词时的语气让柯里警督突然抬起了头。但斯垂特夫人并没看他，她目光发亮，细长的薄嘴唇稍稍翘起，带着胜利的微笑。

警督沉思着，问道："照你这么说——你有充足的时间进行判断——沃尔特·赫德先生想占有塞罗科尔德夫人去世后留给吉娜的那笔钱？顺便问一下，你母亲的身体不太好，对吗，斯垂特夫人？"

"我母亲的身体一直很弱。"

"是的。但身体弱的人通常和健壮的人活得一样长，有时比他们更长。"

"是的，我也这么想。"

"最近没发现你母亲的身体越来越差了吗？"

"她有风湿病，人上了年纪总会有些毛病。对那些为了些小病大惊小怪的人，我并不同情。"

"塞罗科尔德夫人是那种大惊小怪的人吗？"

米尔德里德·斯垂特沉默了片刻，说道："她自己倒没大惊小怪，但周围的人都在为她大惊小怪。我继父是个什么事都要管的人。还有贝莱弗小姐，她总是显得荒唐可笑。贝莱弗小姐在这个家里的影响很不好。她来这儿已经有很多年了，对我母亲的忠心本身非常可敬，但有时那简直成了一种折磨。她像个帝王一样看管着我母亲，什么都要管，权利太大了。有时刘易斯也为此而不快。如果有天他让她离开，我一点儿都不会奇怪。她不懂得圆滑处事，不懂得做人要世故一点。男人发现妻子被专横的女人所控制，一定很苦恼。"

柯里警督轻轻点了点头。"明白了……我明白了……"

他上下打量着她。

"斯垂特夫人,有件事我没怎么弄明白。那对雷斯塔里克兄弟究竟是怎么回事呢?"

"都是愚蠢的情感招来的。他们的父亲为了钱和我母亲结婚,两年后又和一个道德败坏的南斯拉夫歌星私奔。有一次,两兄弟因为没法和那个臭名远扬的女人一起度假而投奔我母亲,后来就经常来了。对了,我们家这样的寄生虫还有不少。"

"亚历克斯·雷斯塔里克有机会杀死克里斯蒂安·古尔布兰森,那时他正独自开车从住处回家。斯蒂芬有机会吗?"

"当时他和我们一起待在大厅里。我不认为是亚历克斯·雷斯塔里克干的,他虽然看上去很粗鲁,生活又极不规律,但我不认为他是凶手。另外,他为什么要杀我哥哥?"

"又绕到那个老问题上了,是吧?"柯里警督和蔼地说,"克里斯蒂安·古尔布兰森知道的什么事使凶手觉得有必要杀了他,对吗?"

"正是。"斯垂特夫人得意地说,"而那个人只可能是沃尔特·赫德。"

"应该是和他更亲近一些的人干的。"

米尔德里德厉声道:"你这话是什么意思?"

柯里警督缓缓地说:"古尔布兰森似乎十分关注你母亲的健康状况。"

斯垂特夫人皱起了眉。

"男人们总爱对我的母亲大惊小怪,就因为她看上去很脆弱。我觉得她也乐于让他们那样!克里斯蒂安或许从朱丽叶·贝莱弗那儿了解到了这方面的情况。"

"斯垂特夫人,你不关心母亲的健康吗?"

"当然关心，但没他们那么敏感。母亲已经不年轻了——"

"死亡会降临到每个人头上，"柯里警督说，"但不应在正当的时刻之前降临，我们得避免人们提前去世。"他意味深长地说，米尔德里德听后一下子激动起来。

"太对了，你说得太对了。这里根本没人关心这事。他们干吗要去关心？对母亲来说，古尔布兰森不过是个长大了的继子。对吉娜而言，他根本算不上亲戚。我才是唯一和他有血缘关系的人，他是我亲哥哥。"

"同父异母的哥哥。"柯里警督提醒她。

"是的。虽然年龄相差很大，但我们都是古尔布兰森家族的人。"

柯里轻声说："是的，我明白你的意思。"

米尔德里德·斯垂特眼里噙着泪水出了门。柯里看了看莱克警员。

"她断定是沃尔特·赫德干的，"他说，"丝毫不怀疑会是其他人。"

"也许她是对的。"

"也许吧。沃利很合适，他既有机会又有动机。如果要迅速拿到钱，他妻子的母亲必须去死。因此沃利对补药做了手脚，但被克里斯蒂安·古尔布兰森发现了，或许是听人说的。是的，这一切都很合理。"

他停了一下，又说："顺便提一下，米尔德里德喜欢钱……也许她不花，但她喜欢钱。我不知道这是为什么。也许她是个吝啬鬼，她有吝啬鬼的那股热情。也许她喜欢钱赋予她的权威。也许想用钱去行善？她是古尔布兰森家族的人，可能她酷似她的父亲。"

"很复杂，是吧？"莱克警员用手挠了挠头。

柯里警督说："我们最好见一见乖僻的劳森，然后再去大厅里看看当时谁在哪个地方，继而找出原因、时间等线索……这个早晨，我们已经了解到一两件很有趣的事情了。"

2

柯里警督认为，要从别人的描述中知道第三方是个什么样的人简直太困难了。

那天早上许多人跟他提过埃德加·劳森，但柯里对站在面前的劳森的印象与别人的描述相去甚远。

他并不觉得埃德加"乖僻""危险""傲慢"，甚至不觉得他"不正常"。他看起来普普通通，表情很消沉，像狄更斯笔下虚伪却阴险的小职员一样谦卑。他年轻，悲伤，与常人稍稍有些不太一样。

他急切地开口道歉。

"我知道我错了。不知为何我失去了控制——我真不知道。我大闹了一场，竟然用手枪射击，而且是朝塞罗科尔德先生开火。他对我那么好，那么有耐心。"

他不安地搓着手，骨节突出的苍白双手显得非常可怜。

"如果我应该为此受到惩罚，那我马上跟你们走。我应该受到惩罚，我认罪。"

"现在没人指控你，"柯里警督干脆地说，"我们也没有证据可依。塞罗科尔德先生说你开枪是一场意外。"

"那是因为他太好了。没人能像塞罗科尔德先生那么好！他什么都为我做，可我却这样回报他。"

"你为什么那么干呢？"

埃德加看上去有些难为情。

"我那是故意让自己出洋相。"

柯里警督冷冷地说："似乎是这样的。你当着众人的面对塞罗科尔德先生说你发现他是你父亲，这是真的吗？"

"不，没那回事。"

"你怎么会这么想？是有人暗示你的吗？"

"解释起来不是很容易。"

柯里警督若有所思地看着他，然后和蔼地说："试着解释一下吧。我们不想难为你。"

"我的童年很不幸。别的孩子老讥笑我，因为我没父亲。他们说我是个杂种，当然这话也对。我妈妈总是酗酒，有各种男人来找她。我想我父亲是个外国海员。家里总是很脏，真像个地狱。那时我想，要是爸爸不是什么外国水手，而是个重要人物那该有多好——我常常自己乱编。开始只是孩子气的幻想，自己是大人物的合法继承人什么的。后来我上了一所学校，我试着暗示别人我是名人，说我父亲是海军上将。我努力让自己相信这种说法，觉得这样的感觉非常好。"

他停顿了一下又接着说："再后来，我又有了些新的想法。我常在旅馆里编些荒唐的故事，说自己是一名战斗机飞行员，或是在军队情报处工作。我把这些都弄混了，没办法停止撒谎。

"不过我并不是为了骗钱，只是吹牛，好让别人认为我很了不起。我不想骗人。塞罗科尔德先生和马弗里克大夫可以证明，他们有这方面的材料。"

柯里警督点点头。他已经看过埃德加的卷宗及警方备案了。

"是塞罗科尔德先生帮我清醒过来的，他带我来这里，他说他需要一个秘书帮忙——我也确实帮了不少忙！但那些人嘲笑我，他们总是嘲笑我。"

"哪些人？塞罗科尔德夫人吗？"

"不，不是塞罗科尔德夫人，她是个温柔善良的好人。我说的是那个吉娜，她对我不屑一顾。还有斯蒂芬·雷斯塔里克。斯垂特夫人也瞧不起我，说我不是个绅士。还有贝莱弗小姐——她自己又是什么？不过是个花钱雇的看护员，不是吗？"

柯里发现他的情绪有越来越激动的趋势。

"所以，你认为他们都没有同情心，对吗？"

埃德加激动地说："全都是因为被人当作杂种。如果我有父亲的话，他们才不会那样呢。"

"所以你就自行设定了几个有名望的父亲，是吗？"

埃德加的脸红了。

"我总是忍不住要撒谎。"他小声说。

"最后你说塞罗科尔德先生是你父亲，你为什么这么说？"

"这样就可以把他们的嘴全堵上，不是吗？如果他是我父亲，他们就不敢把我怎么样了。"

"对。但你又说他是迫害你的敌人。"

"全都搞混了，"他擦了擦前额说，"有时我会颠倒是非，把这件事和那件事混在一起。"

"你从沃尔特·赫德先生的房间里拿了那把左轮枪，是吗？"

埃德加表情茫然。

"是吗？我是从那儿拿的吗？"

"你不记得自己是从哪儿拿到枪的了吗？"

埃德加说："我只想用它威胁塞罗科尔德先生，吓唬吓唬他。不过是小孩子的把戏。"

柯里警督耐心地问："你怎么弄到那把左轮手枪的？"

"你刚刚说了——从沃尔特的房间里拿的。"

"现在你记起来了？"

"肯定是从他的房间里拿的，没有别的办法拿到它，对吧？"

"我不知道，"柯里警督说，"也许是别人给你的？"

埃德加不吱声了，一脸茫然的样子。

"是那么回事吗？"

埃德加激动地说："我记不得了。我太激动了，狂怒之下在花园里徘徊，我认为有人在监视我、观察我、试图盯我的梢。还有那个白发的老太太……当时的情况现在我全然无法理解，我想我一定是疯了。我不记得自己去过哪儿，很多事情我都忘了。"

"你应该记得是谁告诉你塞罗科尔德先生是你父亲的吧？"

埃德加的目光依旧十分茫然。

"没人告诉我，"他阴沉地说，"是我自己想出来的。"

柯里警督叹了一口气，他不满意，但觉得目前不会有什么进展了。

"好吧，自己小心点儿。"他说。

"是的，长官。我会的。"

埃德加出去以后，柯里警督缓缓地摇了摇头，

"这些精神病真是可恶！"

"长官，你认为他疯了吗？"

"比我想象得轻。头脑不清，吹牛撒谎——不过人倒比较简单。我觉得他很容易受人支使……"

"真有人向他提起过什么吗？"

"是的，马普尔小姐在这点上的判断是正确的，她是个精明的老家伙。我想知道是谁支使他的。能够知道的话……莱克，我

们去把大厅里的现场复原一遍。"

3

"正是这样。"

柯里警督坐在钢琴边弹奏。莱克警员坐在能俯视窗外湖水的椅子上。

柯里说："如果坐在这儿，侧身看着书房门口，那我就看不见你了。"

莱克警员悄然起身，轻轻穿过门走进书房。

"房间这边很暗，只有书房门口附近的灯亮着。莱克，我看不见你出去。一旦到了书房，你就可以从另一道门到走廊里去，用两分钟跑到橡树套房，开枪打死古尔布兰森，然后穿过书房坐回窗户边的椅子上。

"火炉边的女士们背对着你。塞罗科尔德夫人坐在靠近书房门口的壁炉边。人人都说她没动，她是人们视野里唯一的人。马普尔小姐在这儿坐着，在塞罗科尔德夫人身后。斯垂特夫人在火炉左边，靠近大厅通往走廊门厅的那个门，那个角落很暗。她可能出去再返回。对，有这个可能。"

柯里突然笑了笑。

"我也同样可以。"他离开琴凳，从墙边侧身溜出去，"唯一可能发现我的人是吉娜·赫德。吉娜说过，'斯蒂芬一开始在弹钢琴，后来不知去哪儿了。'"

"这么说，你认为是斯蒂芬吗？"

"我不知道，"柯里说，"不是埃德加·劳森，不是刘易斯·塞罗科尔德，不是塞罗科尔德夫人，也不是简·马普尔小

133

姐。但其他人——"他叹了口气说，"可能是那个美国人。那些保险丝太好弄了——不会那么巧吧。但我喜欢那个小伙子，再说也没证据。"

他若有所思地看了眼钢琴边的乐谱。"海德密斯？他是谁？从没听说过这个人。肖斯塔科维奇！这都是什么名字啊。"他站起来，低头看着那只老式琴凳，拿起那些乐谱。

"都是些老掉牙的曲子，海德尔的慢板，车尔尼的练习曲。大多是老古尔布兰森那个时代的。我小时候牧师的妻子常唱《一个可爱的花园》——"

他突然闭嘴——手里拿着几张发黄的乐谱。乐谱和肖邦的《序曲》之间放着一把小型自动手枪。

"是斯蒂芬·雷斯塔里克干的。"莱克警员高兴地叫了起来。

"别急着下结论，"柯里警督提醒他，"从眼下的情况看，只有十分之一的可能。"

第十五章

1

马普尔小姐上楼敲了敲塞罗科尔德夫人卧室的门。

"卡莉·路易丝，能让我进来吗？"

"亲爱的简，当然可以。"

卡莉·路易丝在梳妆台前梳理着银色的头发。她转过身。

"是警察吗？我马上就好。"

"你没事吧？"

"没事，当然没事。乔利觉得我应该在床上吃早饭。吉娜送早饭时踮着脚走，像是我马上要进坟墓了！人们也许不会意识到，克里斯蒂安的悲剧对一个老人而言不算什么，因为有了阅历以后你就会明白，任何事都有可能发生——世上的事对我们而言早已无足轻重了。"

"大概是的。"马普尔小姐似乎有些怀疑。

"简，你不这么看吗？我还以为你和我看法相同呢。"

马普尔小姐缓缓地说："克里斯蒂安是被谋杀的。"

"是……我知道你的意思，你觉得这有什么关系吗？"

"你不认为这有关系吗？"

"对克里斯蒂安来说已经没什么关系了。"卡莉·路易丝淡淡

135

地说，"对杀害他的人来说，当然有关系。"

"你知道是谁杀了他吗？"

塞罗科尔德夫人迷惑地摇了摇头。

"不，我不知道，甚至想不出杀他的理由。肯定与他上次来这儿有关——就在一个多月以前。没有特别理由的话，他不会这么快又来这儿一趟的，事情肯定从那时就开始了。我想了又想，实在说不上有什么特别的事。上次他来这儿时也是现在这些人——对了，那时亚历克斯去了伦敦，露丝在这里。"

"露丝那时在这儿？"

"她和往常一样，闪电来访。"

"露丝那时在这儿啊。"马普尔小姐重复了一遍。她的大脑在飞快地运转着。克里斯蒂安·古尔布兰森和露丝同时在这里？露丝走后忧心忡忡，不知为什么而担心，她只感觉有些事不对头。克里斯蒂安·古尔布兰森发现或怀疑一些露丝不了解的事，他发现或怀疑有人企图毒死卡莉·路易丝。克里斯蒂安·古尔布兰森为什么会起疑心？他看见或听见什么了吗？是不是露丝看见或听见什么却没意识到其严重后果呢？马普尔小姐希望了解其中的真相。凭她的直觉，她认为这和埃德加·劳森有关，但看起来又不太可能，露丝压根没提到过埃德加·劳森。

她叹了一口气。

"你们都在瞒着我什么事，是吗？"卡莉·路易丝问。

马普尔小姐听到卡莉平静的问话，略微有些惊讶。

"为什么这么问？"

"因为你们都这样。不只乔利，人人都这样，甚至连刘易斯也包括在内。我吃早饭时他走进来，行为很异常。他喝了我的咖啡，还吃了点面包和果酱。这太不像他了，因为他习惯喝茶，而且从来不吃果酱，他肯定在想别的什么事。或者忘了吃早饭，他的确偶尔会忘记吃早饭，可今天他看上去很忧虑，一副心事重重的样子。"

"是被杀人——"马普尔小姐刚要开口说话，就被路易丝抢了先。

"哦，我知道了，遇到杀人案就开始疑神疑鬼。我以前从没遇过这种事。简，你遇到过这种事吗？"

"是的——没错——我的确遇见过。"马普尔小姐说。

"露丝和我说过。"

"是她上次来这儿时告诉你的吗？"马普尔小姐好奇地问道。

"不，我想不是那时候。我已经记不清了。"

卡莉·路易丝语焉不详，一副心不在焉的样子。

"卡莉·路易丝，你在想什么？"

塞罗科尔德夫人笑了笑，似乎把思绪从很远的地方拉了回来。

她说："我在想吉娜。还有你说的有关斯蒂芬·雷斯塔里克的事。吉娜是个可爱的姑娘。她真心爱沃利。我敢肯定她爱他。"

马普尔小姐什么话都没说。

"吉娜这样的女孩子喜欢热热闹闹的生活。"塞罗科尔德夫人几乎是用辩解的语气说，"她年轻，喜欢觉得自己有能力，这很自然。我知道沃利·赫德不是我们认为吉娜应该嫁的那种人。一般情况下她永远都不会碰上他，但他们的确相遇了，还相爱了——也许没人比她更了解自己。"

"也许吧。"马普尔小姐说。

"重要的是吉娜应该幸福。"

马普尔小姐好奇地看着她的朋友。

"我认为人人都该幸福。"

"对，但吉娜的情况特殊。领养她母亲皮帕时，我们觉得这是一个必须成功的试验。皮帕的母亲……"

卡莉·路易丝犹豫了一下。

马普尔小姐问："皮帕的母亲是谁？"

卡莉·路易丝说："我和埃里克说好永远也不说出去的。她自己也不知道。"

"我想知道她母亲是谁。"马普尔小姐又说了一遍。

塞罗科尔德夫人疑虑重重地看着她。

"不只是出于好奇，"马普尔小姐说，"我真的需要知道，我会守口如瓶的。"

"简，我知道你能保守秘密，"卡莉·路易丝带着怀旧的笑说，"加尔布雷思医生——现在是克罗默的主教，除了我们就他知道。皮帕的母亲是凯瑟林·埃尔斯沃思。"

"埃尔斯沃思？不就是那个给丈夫下砒霜的女人吗？那起案子曾轰动一时。"

"是的。"

"她被处以绞刑了，是吗？"

"是的。但根本不是她干的。她丈夫习惯食用砒霜——那时他们还不了解这类事情。"

"她用苍蝇纸浸药水。"

"女佣的证言用心险恶。"

"皮帕是她女儿吗？"

"是的。埃里克和我决心给这个孩子开启新的生活，给她爱和关怀，给她一个孩子需要的一切。我们成功了。皮帕不同于她的亲生父母，她是你能想象出的最可爱、最幸福的女孩子。"

2

柯里警督并不在意见见女主人，实际上他很希望有机会在塞罗科尔德夫人自己的房间里见到她。

站着等她时，他好奇地四下里看了看。觉得用"一个有钱夫人的闺房"来形容这个房间并不是很合适。

房间里有一把老式长凳和一些看上去并不怎么舒适的维多利亚式椅子，椅背都弯了。印花布也挺旧的，已然褪色，不过上面是引人注目的水晶宫图案。房间比较小，不过仍比大多数新房子里的客厅大。里面有几张小桌子，上面陈列着古玩摆设及照片，显得有些拥挤。柯里看了看一张旧照片，上面是两个小姑娘，一个皮肤有些暗，很活泼；另一个相貌一般，浓密的刘海下，一双眼睛愤懑地盯着眼前的世界——早上他刚见过这副表情。照片下方写着"皮帕和米尔德里德"。一张埃里克·古尔布兰森的照片挂在墙上，乌檀木相架下面是个金质的底座。柯里还看见一张英俊男人微笑着的照片，他猜那是约翰尼·雷斯塔里克。这时门开了，塞罗科尔德夫人走了进来。

她穿着一件轻薄精致的黑衣服，白皙红润的脸在银发的映衬下显得格外娇小，她的纤弱给柯里警督留下了很深的印象。那一刻他明白了早上令他费解的事，他突然理解大家为什么都急切地想把下毒的事瞒过卡莉·路易丝·塞罗科尔德了。

但他认为卡莉·路易丝不是那种容易大惊小怪的人。

打过招呼后，她请柯里坐下，自己拉了一把椅子坐在他身边。他开始提问题，她毫不犹豫地欣然对答——灯灭了，埃德加和她丈夫之间的争执，听见的枪声……

"你不认为枪声是从家里传来的吗？"

"是的，我以为是从外面传来的。我想可能是汽车回火。"

"你丈夫和劳森在书房里争执时，是否有人离开过大厅？"

"沃利出去检查灯了，贝莱弗小姐不久后也出去了——去拿什么东西，不过我记不得她去拿什么了。"

"还有谁出去过？"

"据我所知，再没别人了。"

"再想想，记得起来吗，塞罗科尔德夫人？"

她想了一会儿。

"不，我想我不记得了。"

"你的精力完全集中在书房里发生的事上了，是吗？"

"是的。"

"你担心里边会发生什么事吗？"

"不，我不这么想，我认为什么事都不会发生。"

"但劳森有一把左轮手枪？"

"是的。"

"他还用枪威胁你丈夫？"

"是的。但他的本意并非如此。"

和之前一样，柯里警督对这种话感到恼火。她和那些人完全一样！

"塞罗科尔德夫人，这种事你可说不准。"

"我很肯定。我说的是我的看法。按他们年轻人的说法——这只是一场演出。我当时就是这种感觉。埃德加只是个孩子，他不过有些戏剧化，很容易犯傻，把自己想象成鲁莽绝望的角色，或是浪漫故事中受委屈的英雄。我敢肯定，他不会真的开火的。"

"塞罗科尔德夫人，但他还是开枪了。"

卡莉·路易丝微笑着说："我想那是枪走火了。"

140

柯里警督的火气加剧了。

"不是走火。劳森开了两枪——朝你丈夫开的。子弹擦过他的身子而过。"

卡莉·路易丝很吃惊，然后突然严肃起来。

"我不相信，对，"预见到警督会反驳，她连忙再做解释，"如果你这么说我当然得相信。可我觉得原因一定很简单，也许马弗里克医生会向我解释的。"

"对，马弗里克大夫的确可以解释，"柯里悻悻然说，"马弗里克大夫可以解释任何事，这一点我敢肯定。"

塞罗科尔德夫人出人意料地说："我知道我们在这里干的事对你来说愚蠢至极又毫无意义，有时精神病医生是挺让人恼火的。但我们确实出了成绩。我们有失败，但也有成功之处。我们努力去做值得做的事。可能你不相信，但埃德加确实十分爱我丈夫。他错把刘易斯当成是他的父亲，那是因为他希望有个像刘易斯一样的父亲。我纳闷的是他为什么突然狂躁起来。他最近正在不断进步——几乎算正常了。其实我一直认为他很正常。"

警督对此没发表任何看法，他说："埃德加拿的左轮手枪是你外孙女的丈夫的。也许是劳森从沃尔特·赫德的房间里拿的。请你告诉我，以前你见过那把枪吗？"

此时警督的掌心里就托着那把黑色的自动手枪。

"不，我想我没见过。"

"我是在琴凳上发现的。最近有人用过。我们还来不及彻底检验，但我想，它铁定就是杀死古尔布兰森先生的那把枪。"

女主人皱起眉头。

"在琴凳上发现的吗？"

"在一些旧乐谱下面发现的。那些乐谱应该有好几年没人动过了。"

"是谁把它藏起来了吗？"

"应该是的。昨晚谁坐在那儿弹钢琴呢？"

"斯蒂芬·雷斯塔里克。"

"他弹了吗？"

"是的，轻轻弹奏了一首忧伤但诙谐的小曲。"

"塞罗科尔德夫人，他是什么时候停下来的？"

"什么时候停下来的？我怎么知道？"

"但他的确停下了，是吗？屋里发生争执时他并没有一直在弹琴。"

"是的，后来音乐声渐渐弱了下来。"

"他从琴凳上站起来了吗？"

"不知道。我不清楚他干了些什么，直到贝莱弗小姐在书房门口试钥匙时我才注意到他。"

"你能想出斯蒂芬·雷斯塔里克杀害古尔布兰森先生的原因吗？"

"想不出来。"她又谨慎地补充了一句，"我认为不是他干的。"

"古尔布兰森也许发觉了什么对他不利的事。"

"我看不太可能。"

柯里警督非常想说他祖母常说的一句话："猪即使会飞，但它们终究不是鸟。"他觉得马普尔小姐肯定知道这句话。

3

卡莉·路易丝走下宽敞的楼梯，三个人从不同的方向朝她走来——吉娜从长长的走廊走来，马普尔小姐从书房来，朱丽叶·贝莱弗从大厅走来。

吉娜首先开口。

"亲爱的！"她情绪激动地叫着，"你没事吧？他们没欺负或拷问你吧？"

"当然没有了，吉娜。你都想到哪儿去了！柯里警督很体贴人。"

"他就应该这样，"贝莱弗小姐说，"卡莉，我把你的信件和包裹全拿来了，正好要给你送去。"

"拿到书房去吧。"卡莉·路易丝说。

四个人走进书房。

卡莉·路易丝坐下来开始拆信，大约有二三十封。

打开信后，她便把它们递给贝莱弗小姐。贝莱弗小姐把信分开放，同时向马普尔小姐解释："主要分三种，一些是那些孩子的亲人寄来的，要交给马弗里克大夫。求援信由我处理。剩下的就是私人信件——卡拉会——告诉我该如何处理。"

整理完信件，塞罗科尔德夫人注意到那个包裹，她用剪刀把缝合线剪开。

打开整齐的包装纸，里面有一盒诱人的巧克力，盒子上系着一条金丝带。

"有人以为我快过生日了。"塞罗科尔德夫人笑着说。

她解开丝带，打开盒子。里面有一张卡片，卡莉·路易丝看后略显惊讶。

"爱你的亚历克斯，"她说，"他可真怪，既然来了，干吗还寄巧克力来。"

马普尔小姐变得不安起来，她飞快地说："卡莉·路易丝，一个都别吃。"

塞罗科尔德夫人有些意外。

"我正想分给大家呢。"

"不要。我想先问一下——吉娜，亚历克斯在家吗？"

吉娜迅速回答说："亚历克斯刚才还在大厅呢。"说着她开门把他叫来了。

亚历克斯·雷斯塔里克很快就出现在门口。

"亲爱的夫人！你起来了。你还好吧？"

他走到塞罗科尔德夫人身边，亲了亲她的双颊。

马普尔小姐说："卡莉·路易丝要多谢你送给她的巧克力。"

亚历克斯显得很惊奇。

"什么巧克力？"

"这些巧克力呀。"卡莉·路易丝说。

"亲爱的，我从来没给你寄过巧克力。"

"盒子上有你的卡片。"贝莱弗小姐说。

亚历克斯低头看了看。

"太怪了。真怪……可我绝对没寄。"

"这件事太莫名其妙了。"贝莱弗小姐说。

"它们看上去很棒，"吉娜往盒子里瞥了几眼，"外婆，中间有你最爱吃的那种巧克力。"

马普尔小姐坚决地把盒子拿开，一句话也没说，拿着它走出书房去找刘易斯·塞罗科尔德。她费了一番工夫才找到他，他去学院那边了。最终她在马弗里克的房间见到了他。马普尔小姐把巧克力盒放在他面前的桌子上，把情况解释了一下。他的脸突然变得冷峻而严厉。

他和大夫小心地把一块块巧克力拿出来，仔细检查了一遍。

马弗里克大夫说："被我放到一边的巧克力肯定被人动过手脚了。看到巧克力外层那些不均匀的颗粒了吗？应该找人分析一下。"

"这简直太不可思议了，"马普尔小姐说，"家里的每个人都有可能被毒死！"

刘易斯点了点头，他的脸色苍白而严肃。

"太残忍了——根本不考虑——"他停下来，"这些可疑的巧克力都是卡罗琳最爱吃的口味。所以，这背后大有文章。"

马普尔小姐轻声说："如果事情正如你们所怀疑的那样，巧克力中有毒，那我认为卡莉·路易丝必须应该了解这件事了。她得一直提防着。"

刘易斯·塞罗科尔德沉重地说："对。她必须得知道有人要杀她。虽然她会觉得难以置信。"

第十六章

1

"小姐，听说有个可怕的家伙在给人下毒，是吗？"

吉娜把头发从前额捋开，听见有人用嘶哑的声音和她说话，她吓了一跳。吉娜的脸和宽松裤子上都擦上了颜料，此时她正和几名帮手为下次演出准备背景幕布——日落时分的尼罗河。

和她说话的是其中一名帮手，他叫厄尼，曾教过她如何打开各种锁。厄尼的手指在整理幕布时同样纯熟，也是最热衷于此的几个助手之一。

他的眼睛带着愉悦的期盼，闪闪发亮。

他闭上一只眼睛。

"宿舍里到处都在传呢，但小姐，你听着，不是我们当中的任何一个人，我们不会干这种事。没人会对塞罗科尔德夫人干坏事。甚至詹金斯也不会用棍子打她。她不像那个狠毒的老妖婆。谁都不会给她下毒的，我也不会。"

"别那么说贝莱弗小姐。"

"对不起，小姐，我随口说的。是什么毒药，小姐？是草酸吗？它能让人驼背，最后死于剧痛。还是甲基氯仿？"

"我不懂你在说什么，厄尼。"

146

厄尼又眨了眨眼睛。

"你的确什么都不懂！他们说是亚历克斯先生干的，他从伦敦送来了巧克力。可那是谎话。亚历克斯先生不会干这种事的，对吧，小姐？"

"他当然不会。"吉娜说。

"很可能是鲍姆加登先生。他付我们工钱时脸色很难看，我和多恩都认为他不正常。"

"把那盒松节油拿走。"

厄尼照办了，他自言自语地说："这儿究竟怎么了！昨天老古尔布兰森被人枪击，今天又有一个神秘的投毒者。你认为是同一个人干的吗？小姐，如果我告诉你我知道有谁与之有关，你会听吗？"

"你什么都不可能知道。"

"我不可能知道吗？昨晚我出去时看见了一些事情。"

"你怎么可能出去？七点钟点名后，学院大门就锁上了。"

"点名算什么……我什么时候想出去都可以，小姐。锁对我来说只是开胃小菜。我昨晚出去四处走了走，散了散心。"

吉娜说："厄尼，我希望你不要再撒谎了。"

"谁在撒谎？"

"你呀，你爱撒谎，吹嘘自己干了些没干过的事。"

"小姐，你千万别不信，咱们等警察们来问我昨晚都看见了些什么好了。"

"好吧，你看见什么了？"

厄尼说："你不是不想知道吗？"

吉娜朝他冲过去，他狡猾地往后退。这时斯蒂芬从剧院另一侧进来找吉娜，他们讨论了一些技术问题，然后肩并肩回家了。

"他们似乎都知道了外婆和巧克力的事，"吉娜说，"我是说学员们。他们是怎么知道的？"

"有密探之类的内线吧。"

"他们还知道亚历克斯的卡片。斯蒂芬，他要来这儿却还在盒子里放卡片，这真是太傻了。"

"可谁知道他要来呢？他突发奇想就跑来了，只发了个电报。也许盒子是在那之前寄的。如果他没来，在盒子里放张卡片还真是个好主意，绝对骗得了人。他的确给卡罗琳寄过几次巧克力。"斯蒂芬缓缓地说，"让我不理解的是——"

"为什么有人要毒死外婆，对吧？"吉娜抢先说道，"太无法想象了！她那么受人尊敬——每个人都崇敬她。"

斯蒂芬没有回答。吉娜严厉地看着他。

"斯蒂芬，我知道你在想什么！"

"我在琢磨是谁下的毒。"

"你觉得是沃利，沃利不尊重她。但沃利不会毒害任何人，这个想法太可笑了。"

"你可真是位忠诚的好太太！"

"别用嘲讽的语气跟我说话。"

"我不是故意讥笑你。你的确很忠诚，我佩服你。可是亲爱的吉娜，你不能老这样下去。"

"斯蒂芬，你这是什么意思？"

"你明白我什么意思。你和沃利不是一路人。你们的婚姻很失败，他也明白这一点。你们随时都有可能分手，到了那一天，你们双方都会觉得更幸福。"

吉娜说："别犯傻了。"

斯蒂芬笑了起来。

"你们不必装着很适合彼此，沃利也不必装着在这里很幸福。"

"我不知道他是怎么了，"吉娜大声说，"他总是闷闷不乐，几乎不说话。我——我不知该拿他怎么办。他在这儿为什么不开心？我们在一起时那么开心——一切都很有趣——也许他变了。为什么人会变？"

"我变了吗？"

"不，亲爱的斯蒂芬，你总是斯蒂芬。你还记得假期里我天天跟在你身后吗？"

"那时我觉得你很烦——讨厌的小吉娜。现在风水转了。你到哪儿我就跟到哪儿，对吗，吉娜？"

吉娜飞快地说："傻瓜。"紧接着又说，"你认为厄尼在骗人吗？他说他昨晚在大雾里四处游逛，还暗示他知道谋杀的事。你觉得那会是真的吗？"

"当然不会。你知道他爱吹牛，只要能让自己显得重要，他什么都敢说。"

"我知道。我只想知道……"

他们肩并肩地往前走，一路再无话。

2

落日映红了房子的西侧。

柯里警督打量着那里。

"这就是你昨天停车的地方？"他问。

亚历克斯·雷斯塔里克往后退了一步，似乎在用心思考。

"差不多，"他说，"因为有雾所以说不准。对，我觉得大概是这里。"

柯里警督站在原地，四处打量了一番。

沙石铺成的车道缓缓地拐进来，旁边是一簇簇杜鹃花，从这里可以看见房屋西侧的平台、紫杉木篱笆和连着草坪的屋前台阶。车道继续弯转上行，穿过一片树丛，经过人造湖与房子外围，在房屋东侧的一个砾石坡地走到尽头。

"道吉特。"柯里警督叫道。

道吉特警员做好准备，马上行动了起来。他沿着一条对角线穿过中间的一片草坪冲向房子，上了平台从侧门进去。片刻之后，一扇窗户的窗帘剧烈地抖动了一下，接着道吉特警员从花园门冲了出来，返回大家身边，喘得上气不接下气。

"两分四十二秒，"柯里警督一边喊一边用力按下计时表，"用不了多长时间就能完成，不是吗？"

他的语气很轻松，像在交谈。

"我可没你们警员跑得那么快，"亚历克斯说，"你记录的时间是假设我是谋杀犯所用的时间吧？"

"我不过是说你有机会作案，雷斯塔里克先生，并没指控你——至少现在还没有。"

亚历克斯·雷斯塔里克态度友好，对喘着粗气的道吉特警员说："我没你跑得快，不过我相信我比你体质好。"

"从去年冬天以来，我的支气管炎就没好。"道吉特警员说。

亚历克斯转身看着警督。

"说正经的，被你们这样观察让我很不高兴，你们得知道我们搞艺术的都有些敏感，都很脆弱！"他的话音中有些挖苦的味道，"你该不会真以为我与这件事有关吧？我不会寄一盒有毒的巧克力给塞罗科尔德夫人，再把写有名字的卡片放进去的，对吧？"

"对方是想往这个方向上引，雷斯塔里克先生，你也可能是虚实并用。"

"我明白了。你们真的很聪明。顺便问一下，那些巧克力真的有毒吗？"

"六块塞罗科尔德夫人最爱吃的樱桃白兰地巧克力表面放了毒物，里面放了乌头碱。"

"警督，那不是我偏爱的毒药。从我个人角度讲，我更喜欢马钱子碱。"

"雷斯塔里克先生，马钱子碱必须进入血液才会起作用，乌头碱吃下去就能置人于死地了。"

"警官的知识真是太渊博了。"亚历克斯钦佩地感叹。

柯里警督瞥了一眼这位年轻人。他有一双略显突出的耳朵，一张与英国人不太一样、更像蒙古人的面孔。略带恶作剧的眼珠嘲讽地快速转动着，让人很难判断他在想什么——这是个色情狂还是个好色之徒？柯里警督突然这样想到。多半是个肆无忌惮的好色之徒，这个想法让他很不高兴。

奸诈而狡猾的家伙——这是他对亚历克斯·雷斯塔里克的评价。他比他兄弟聪明。他母亲是个俄国人，至少柯里是这么听别人说的。对柯里警督来说，"俄国人"就像是十九世纪早期的"匈奴人"，或二十世纪早期的"德国兵"。在柯里警督的眼里，任何与俄国有关的事都不是好事，如果真是亚历克斯·雷斯塔里克谋杀了古尔布兰森，那对柯里来说就再好不过了。但遗憾的是，柯里根本不相信他干了这种事。

道吉特警员呼吸平复下来后开口道："我照你吩咐的那样摇了一下窗帘，还数了三十下，发现窗帘上边掉了一个钩子，就是说那儿有一个缝，从外面可以看进来。"

柯里警督问亚历克斯："你昨晚发现屋里透出亮光了吗？"

"因为有雾，我根本看不见房子，我和你说过了。"

"雾是一团一团的，之间会透亮啊。"

"当时房子完全被雾笼罩，运动馆倒是时隐时现，看上去就像码头上的货运仓库一样。我说过，我的芭蕾舞剧《石灰房》就要上演了——"

"这个你告诉过我了。"柯里警督表示认可。

"我习惯了从舞台设计的角度来观察事物，而不是从现实角度出发。"

"但舞台也可能是真实的，不是吗，雷斯塔里克先生？"

"警督，我不太明白你的意思。"

"它也是由一些真实的材料组成的——布景、道具、颜料、纸板。幻觉存在于观众眼中而不是造型本身。它足够真实，幕前幕后同样真实。"

亚历克斯吃惊地看着他。

"警督，这番话太精辟了。我受到了启发。"

"又想到一出芭蕾舞剧了吗？"

"不是什么芭蕾舞剧……老天，我们是不是都傻了？"

3

警督和道吉特穿过草坪回屋了。（亚历克斯以为他们在找脚印，但他错了。那天一大早警方就检查了脚印，但没什么结果，凌晨两点下了一场大雨。）亚历克斯沿着车道慢慢朝前走，考虑着新想法的可能性。

这时他的注意力被吉娜吸引住了，她正在湖边小路上散步。房子居高临下，车道从房子边的高处起始，渐渐降到湖边。湖边盛开着杜鹃花，还有许多灌木丛。亚历克斯走下坡，找到了吉娜。

"如果能把那幢难看的维多利亚式建筑遮起来，"他眯起眼说，"再加上你，就成了《天鹅湖》了。吉娜，你就是天鹅仙子。不过我认为你更像白雪公主。你任性，没有同情心，没有热情，非常无情。但亲爱的吉娜，你特别有女人味。"

"你太坏了，亲爱的亚历克斯！"

"因为我拒绝上你的当吗？你对自己很满意，不是吗，吉娜？你对我们招之即来挥之即去。我，斯蒂芬，还有你那个四肢发达、头脑简单的丈夫。"

"瞎说。"

"不，我没瞎说。斯蒂芬爱你，我也爱你，沃利为此而痛苦万分。一个女人还能要求什么呢？"

吉娜看着他笑了。

亚历克斯用力地点着头。

"我很高兴你还有几分诚实，那是因为你身上有几分拉丁裔血统。你没费心去伪装自己不吸引男人——如果他们被你征服，你并没表现得十分内疚。你喜欢让男人爱你，对吗，残酷的吉娜？连可怜的小埃德加·劳森也被你吸引了！"

吉娜平静地看着他，她很严肃地说："这种情况不会持续太久的。女人在这个世界上生活要比男人艰难得多。她们容易受到伤害。她们有孩子，十分关心孩子。一旦红颜不复，她们所钟爱的男人便不再爱她们，会背弃她们、抛下她们、不再理她们。我不责怪男人，换了我也一样。我不喜欢老人、长得丑的人、病人

153

和整天自怜的人，也不喜欢像埃德加那样荒唐可笑的人——他们四处乱闯，装出一副自命不凡的样子。你说我残酷？这个世界本身就很残酷！而且它迟早会对我残酷！不过我现在还年轻漂亮，大家觉得我很美丽。"她露出独特的灿烂笑容，整齐的牙齿很好看，"对，我喜欢这样，亚历克斯，干吗不呢？"

"这究竟是为什么？"亚历克斯说，"我想弄明白你到底要怎样。你要和斯蒂芬结婚还是会嫁给我？"

"我已经和沃利结了婚。"

"那只是暂时的。在婚姻上每个女人都可以犯错——但没必要沉溺于此不能自拔。这出剧在别处已经上演过了，现在该轮到在西区上演了。"

"你是西区人吗？"

"毫无疑问。"

"你要和我结婚吗？无法想象你也会结婚。"

"我一定要结婚。婚外情在我看来太过时了。用护照有麻烦，不是夫妻住旅馆也不方便。我想通过正当途径结婚，永远不要什么情妇！"

吉娜清脆地笑了起来。

"亚历克斯，你太有趣了。"

"风趣是我的资本。斯蒂芬比我好看，他英俊，热情，深得女人欢心。但在家里太热情了反而会令人疲倦。吉娜，和我一起你会觉得生活妙趣横生。"

"你不说你疯狂地爱着我吗？"

"即便那是真的，我也不会直说。如果那么做就抬高了你、降低了我。我准备做的一切就是像做生意一样给你提个方案。"

"我得想一想。"吉娜笑着说。

"这是自然。你首先得让沃利摆脱痛苦。我很同情他。对他而言，和你结婚，再被你任性地带进这个慈善之家简直太痛苦了。"

"亚历克斯，你太坏了！"

"一个明事理的坏人。"

吉娜说："有时候我觉得沃利一点也不关心我，他的眼中早就没了我。"

"用棍子敲都没反应吗？让你十分恼火的正是这一点。"

吉娜飞快抬起手掌，在亚历克斯光滑的脸颊上打了一记响亮的耳光。

"哎哟！"亚历克斯叫了一声。

他老练地把吉娜抱到怀里，她没有来得及抵抗，他的双唇就紧贴在了她的唇上。一个漫长而热烈的吻。一开始她还挣扎了一下，后来便放松下来……

"吉娜！"有人在大喊。

他们迅速分开。是米尔德里德·斯垂特，她脸色发红，嘴唇发抖，双眼直直地盯着他们，显得十分生气。她急切地想说什么，却说不出来。

"恶心……太恶心了……你这个没人要的坏丫头……你跟你妈一样……太下贱了……我早就知道你很下贱……一点儿羞耻感也没有……不只是个贱人还是个凶手。我知道，你就是那个凶手。"

"你知道什么？别那么疯狂，米尔德里德姨妈。"

"谢天谢地，我才不是你姨妈呢，我和你一点血缘关系都没有。算了，反正你也不知道你妈是什么人，她从哪儿来！但我很清楚我父母是什么样的人，他们会收养什么样的孩子！他们会收

155

养罪犯的孩子或妓女的私生子！他们就是那样的人。他们早该记住坏人本性难移。你身上的意大利人血统让你精通毒药。"

"你怎么能对我说这种话？！"

"想说什么我就说什么，你没法否认，对吗？有人企图给我母亲下毒！谁最有可能干这种事？她去世后谁会发一大笔财？是你，吉娜，你放心，警察不会忽略这个的。"

米尔德里德迅速转过身，离开时气得浑身发抖。

"病态，"亚历克斯说，"绝对的病态。太可笑了。我真想知道那个斯垂特教士究竟是怎么回事，信教的人只会找这种女人吗？还是说他完全没有男子气概？"

"亚历克斯，别恶心人了。我恨她，恨她，我恨死她了。"

吉娜握着拳头，愤怒地挥动着。

"幸亏你手边没有刀，"亚历克斯说，"不然的话，亲爱的斯垂特夫人将从被害人的角度知道什么叫谋杀了。镇静些，吉娜，别像意大利歌剧那么戏剧化。"

"她竟敢说我要毒死外婆？"

"亲爱的，的确有人企图毒死她。从动机上来看，你的嫌疑很大，不是吗？"

"亚历克斯！"吉娜吃惊地盯着他，"警察们也这么看吗？"

"很难说他们怎么想。他们一点信息都不透露，他们可不是傻子。这倒让我想起……"

"你要去哪儿？"

"去想个点子出来！"

第十七章

1

"你说有人企图毒死我?"

卡莉·路易丝的声音里充满了不信任,她说:"我真不敢相信……"

过了片刻,她微微闭上双眼。

刘易斯轻轻地说:"亲爱的,我真希望你不知道这些。"

她几乎是下意识地把手伸给他,刘易斯握住了那只手。

马普尔小姐坐在一边,同情地摇了摇头。

卡莉·路易丝睁开双眼。

"简,真是这样的吗?"她问。

"亲爱的,是这样没错。"

"这么说,后来发生的一切……"卡莉·路易丝说到一半停了下来。然后她又接着说:"我一直以为自己知道什么是真什么是假,看来是我错了,只是……也许我犯了许多错,但谁会这么对我呢?这个家里没人要杀我吧?"她的口气还是半信半疑。

"我也这么想,"刘易斯说,"但我错了。"

"克里斯蒂安知道这件事吗?这就解释得通了。"

"怎么解释得通了?"刘易斯问。

"我是指他的神色，"卡莉·路易丝说，"他的神色很奇怪，和往常不大一样。看上去像是在生我的气——又好像要跟我说什么，却又没说。他问我最近心脏好吗？身体还可以吗？也许就是在向我暗示。但为什么不直接说呢？说白了不就简单了吗？"

"卡罗琳，他不想给你带来痛苦。"

"痛苦？为什么——哦，我明白了……"她瞪大双眼，"原来你是这么想的。可是你错了，刘易斯，你错了，这一点我很确定。"

她丈夫避开了她的目光。

"对不起，"片刻后塞罗科尔德夫人说，"我真无法相信最近发生的一切。埃德加朝你开枪；吉娜和斯蒂芬；那盒荒唐的巧克力……这些都不可能是真的。"

没人发表评论。

卡罗琳·路易丝·塞罗科尔德叹了一口气，她说："我一定游离于生活之外太久了……求求你们，让我独自待一会儿……让我好好想一想……"

2

马普尔小姐沿楼梯下来走进大厅。亚历克斯·雷斯塔里克站在拱门门口伸出双手，一副很夸张的样子。

"请进，请进，"亚历克斯像是这里的主人一样迎接她，"我正在想昨晚的事。"

刘易斯·塞罗科尔德跟着马普尔小姐从卡莉·路易丝的卧室出来，穿过大厅走进书房，并关上了门。

"你在重建凶案现场吗？"马普尔小姐没好气地问。

亚历克斯皱着眉看她，随即眉头又舒展开了。

"重建凶案现场？"他说，"不完全是。我正在从一个完全不同的角度看待这件事。我把这里看成一个剧院，人工剧院！请你把这里想象成一处舞台布景。灯光，入口，出口，人物登场，四下安静。这多有趣！不全是我的主意，警督给了我提示。我觉得他很凶，他今天早上使出全力恐吓我。"

"他恐吓你了？"

"我不确定。"

亚历克斯讲了一遍警督的试验，以及气喘吁吁的道吉特警员进行的实地计时。

"时间有时候会误导人，"他说，"人们以为有些事要花费很长时间，但其实完全不用。"

"没错。"马普尔小姐说。

作为观众她换了个位置。舞台背景由一面覆盖着巨大挂毯的墙充当，上部有些暗，左边是架钢琴，右边是窗户及一把椅子，椅子紧挨着书房的门。钢琴坐凳离通往外面走廊的门只有八英尺。两个方便出口！观众都可以清楚地看见它们……

可是昨晚没观众。也就是说，没人在马普尔小姐站着的地方。昨晚的观众都背对着舞台。

马普尔小姐很想知道溜出大厅、沿着走廊跑、打死古尔布兰森再返回需要多长时间。不会像人们想象的那么长，应该很快就能完事……

卡莉·路易丝刚才说了句意味深长的话——原来你是这么看的。可是你错了，刘易斯，你错了。

"警督的一席话令我印象深刻，"亚历克斯的话打断了她的思考，"他说舞台背景是真实的。用木块、纸板和胶水粘起来，使颜料画过的一面和没画过的一面都像是真的。他说'幻觉只存在于观众的脑子里'。"

"和变戏法的人一样，"马普尔小姐低声说，"他们常说'用镜子使诈'这种行话。"

这时斯蒂芬·雷斯塔里克走了进来，稍微有些气喘。

"亚历克斯，"他说，"你还记不记得厄尼·格雷格那个小东西？"

"是不是在你导演的《第十二夜》里扮演弗斯特的？他在那出戏里表现出不少天分。"

"是的，他是有些天分。他的手很巧，帮我们干了不少木工活儿，但他的本性很难改掉。他对吉娜吹牛说他昨晚出去四处走动时似乎看见了什么。"

亚历克斯迅速转过身。

"他看见了什么？"

"他不愿告诉别人。我敢肯定他只是想炫耀炫耀以引起别人的关注。他是个小骗子，不过我觉得也许可以审问他一下。"

亚历克斯厉声道："让他自己待着，别去理他，别让他以为我们对这件事感兴趣。"

"对，你说得在理，晚上再说吧。"

斯蒂芬走进书房。马普尔小姐像个观众似的在大厅里走动，不留神撞上了亚历克斯·雷斯塔里克，他突然往后退了一步。

马普尔小姐说："太对不起了。"

亚历克斯朝她皱了皱眉，心不在焉地说："没关系，"然后又略带惊讶地说，"怎么是你啊？"

马普尔小姐觉得他的话很怪，她已经和亚历克斯聊了那么长时间，他现在却这么说。

"我在想别的事，"亚历克斯·雷斯塔里克说，"那个厄尼的事——"他挥着两只手，不知在比画什么。接着他神色突变，穿过大厅走进书房，用力地把门甩上。

紧闭的门后传来低语声，但马普尔小姐听不见他们在说什么。她对全能的厄尼并不怎么感兴趣，也不关心他看见了什么或假装看见了什么。她怀疑厄尼什么也没看见，她不相信在昨晚那样一个寒冷多雾的晚上，厄尼会费心使用撬锁的本领在停车场上游荡。他不可能出门。

只是在吹牛罢了。

和约翰·贝克豪斯一样，马普尔小姐想。她有很多从圣玛丽米德村村民那儿收集来的故事可以与眼前发生的事做对比。

"昨晚我看见你了。"只要约翰·贝克豪斯认为这句话能刺激到谁，他准会对那人这么说。

但这句话十分奏效。回想起来，有那么多人去了他们想隐瞒自己去过的地方，真令人惊讶不已！

她撇开约翰，集中精力思考着亚历克斯复述柯里警督的话时自己隐约产生的一个念头。那些话让亚历克斯得到了很大的启发，她不太确定那番话是否对她产生了同样的效果。她的想法和亚历克斯的相同吗？还是想到了别的什么？

她站在亚历克斯·雷斯塔里克刚才站的地方，告诉自己"这不是个真实的大厅，不过是纸板，布景和木块，是一个舞台场景"，这时她的脑海里闪过一些不怎么连贯的话。"让观众产生幻觉——'他们用镜子干的……'——几盆金鱼……几尺彩带……消失的女人……魔术师变戏法时用的道具，以及遮人耳目的幌子……"

她突然想到了什么——一幅画面——亚历克斯说过的话……

他向她描述过的一些事……道吉特警员喘着粗气……喘气……她灵机一动，一下子集中了注意力。

"当然了！"马普尔小姐说，"肯定是这样的，没错……"

第十八章

1

"沃利，你吓了我一大跳！"

吉娜从戏院边的阴影里现身，往后退了一小步，沃利·赫德的身影出现了。天不算太黑，但由于剧院透出的灯光混沌不清，使周围的物体都失去了现实感，像噩梦中的幻影一样。

"你来这儿干吗？你从来都不靠近剧院。"

"吉娜，我在找你，来这里总能找到你，不是吗？"

沃利慢吞吞的话语不带任何特别的暗示意味，却让吉娜后退了一步。

"这是我的工作，我热爱这份工作。我喜欢颜料和布景，我也喜欢后台。"

"是的，这对你意味着很多，我能理解。吉娜，你觉得要过多久这件事才能了结？"

"明天审问结束后，大概还得拖上两个星期。至少柯里警督是这个意思。"

"两周，"沃利沉思着说，"明白了，也许要三周。再往后——我们就自由了。到时候我要回美国。"

"可我不能走得那么急，"吉娜大声说，"我不能离开外婆。

163

另外，我们手头还有两个新剧——"

"我没说'我们'，我只说我要走。"

吉娜仰视着丈夫，阴影使得沃利显得更加高大。一个很高大的身影——也许对吉娜而言高大得吓人……高出她一头，有股威胁的架势——怎么会这样呢？

"你是说……"她迟疑了一下，"你不打算和我一起回去吗？"

"不，我没那么说。"

"你不在乎我回不回去？"

她突然很生气。

"听着，吉娜，我们得把一切都说开。结婚时我们并不了解对方——不了解对方的家庭背景和……家人。我们认为那不重要，除了在一起很开心之外其他都不重要。但现在第一幕算是结束了。你的家人一直没把我当回事——过去没有，现在也没有。也许他们是对的，我和他们不是一类人。但如果你认为我应该待在这儿，在这里空等，干一些我认为是疯狂的事，那你就错了！我要生活在自己的国家，干自己想干的活儿，能干的活儿。我希望我的妻子和先辈们的妻子一样，能受苦，懂得求生，能生活在陌生的国家，甚至危险的环境中……也许这么要求你太过分了，但我要的就是这个，不然我们就完了！也许和你结婚过于草率了，这样的话，你最好离开我，重新开始，这全看你。如果你更喜欢这里某个附庸风雅的年轻人，那你就选他好了。这是你的生活，你的选择，但我要回家了。"

"我认为你是头蠢猪，"吉娜说，"我在这里过得很开心。"

"是吗？好吧，但我不开心。你是不是觉得谋杀案也很令人开心？"

吉娜猛吸了一口气。

"你这么说可太残忍了，我喜欢克里斯蒂安舅舅。你知不知道，这几个月一直有人暗地里给外婆下毒？这太可怕了！"

"我告诉你我不喜欢这儿，不喜欢这里发生的事。我要走了。"

"恐怕你走不了！你还不知道你可能因为谋杀克里斯蒂安舅舅被捕吗？我讨厌柯里警督看你的那副样子，就像一只前爪锋利的猫，虎视眈眈地盯着一只老鼠。就因为你曾从大厅出去修那些灯，因为你不是英国人，我敢肯定他们会对你采取行动的。"

"他们需要证据。"

吉娜抱怨道："我都替你感到害怕，沃利。我一直很害怕。"

"不用怕。我告诉你，他们不会把我怎么样的！"

他们沉默地往家走，谁也没说话。

最后吉娜说："我觉得你不想让我和你一起回美国……"

沃尔特·赫德没有回答。

吉娜·赫德突然发怒，跺起了脚。

"我恨你，我恨你。你太可怕了——是个畜生，一个无情无义的畜生。我为你做了那么多！你却要甩掉我！你不在乎是不是？永远见不到我你也不在乎是吗？好吧。我也不在乎是不是永远见不到你！跟你结婚我真是个傻瓜，我要尽快离婚，再和斯蒂芬或亚历克斯结婚，会比和你在一起时更幸福。希望你回美国和一个糟糕的女孩结婚，让她把你变得十分痛苦！"

"好吧！"沃利说，"现在我们算了解彼此了！"

2

马普尔小姐站在下午早些时候柯里警督与道吉特警员做实验

的地方，看见吉娜和沃利一起走进屋里。

贝莱弗小姐在她身后说了一句话，吓了她一跳。

"你会着凉的，马普尔小姐，太阳落山了你还在这儿。"

马普尔小姐顺从地和她一道回去，脚步轻快地走进屋里。

"我正在想魔术技巧，"马普尔小姐说，"要识破他们的招数太难了，但一经解释又感觉非常简单——尽管直到现在我也弄不明白他们是怎么变出几盆金鱼的！你见过被锯成两半的女郎吧，那个戏法太刺激了。十一岁时我对它着了迷，但总也想不通那是怎么回事。后来有一天，报纸上刊登了一篇文章，把戏法的内情全讲了出来。我觉得报纸不该那么做，不是吗？其实不是一个姑娘而是两个，一个人的头和另一个人的脚。反过来也一样——你以为是一个人时它又成了两个人，正反都通用，对吧？"

贝莱弗小姐略显吃惊地看着她。

马普尔小姐很少像现在这样语无伦次。这个老太太一定被最近发生的事弄糊涂了，贝莱弗小姐琢磨着。

"当你观察事情的一面时，就只会注意其中的一部分，"马普尔小姐继续说着，"但如果能分清现实和幻觉，一切就都明了了。"她又补充了一句，"卡莉·路易丝还好吗？"

"还好，"贝莱弗小姐说，"她很好，只是受了些惊吓——发现有人要谋害自己，这也在所难免。尤其对她来说，这太令人难以置信了。她根本不懂什么是暴力。"

"但卡莉·路易丝懂得一些我们弄不明白的事情。"马普尔小姐沉思着说，"她就是那种人。"

"我明白你的意思——她并不生活在这个世界里。"

"她真的是个不食人间烟火的人吗？"

贝莱弗小姐吃惊地看着马普尔小姐。

"没有人比卡拉更不精世故的了。"

"你这么想也许是因为……"马普尔小姐停了下来，因为埃德加·劳森从她们身边闪过，踏着大步走了过去。他朝她们俩羞怯地点了点头，又迅速把脸转过去。

"我现在想起他像哪个人了，"马普尔小姐说，"我刚才突然意识到了这一点，他让我想起一个叫伦纳德·威利的年轻人。他父亲是个牙医，可是这位父亲年纪大了，眼睛也不中用了，手还总是发抖，因此人们喜欢去找他儿子看牙。老人因此变得闷闷不乐，说自己老了，不中用了。伦纳德心肠很软，便开始假装酗酒，总是一身威士忌味。有病人时他就装醉，他以为这样一来人们就会认为年轻人不怎么样，会再回去找他父亲。"

"是这样的吗？"

"当然不是了。"马普尔小姐说，"任何明事理的人都该告诉他人们会怎么做，但没人告诉他！病人们转而去找雷利先生——他们的竞争对手。好心肠的人并不总是明白事理。另外，伦纳德·威利装得太假了，根本不像真喝醉的样子——往衣服上洒的威士忌太多，一看就是装的。"

二人从侧门走进了屋。

第十九章

　　走进屋里，她们发现一家人都聚在书房。刘易斯来回踱着步，空气里有一股紧张的气氛。

　　"怎么了？"贝莱弗小姐问。

　　刘易斯生气地说："今天晚点名时发现厄尼·格雷格不见了。"

　　"他跑了吗？"

　　"不知道。马弗里克和一些员工正在四下寻找。如果找不到，我们就得与警察联系。"

　　"外婆！"吉娜跑到卡莉·路易丝身边，被外婆苍白的脸色吓了一跳，"你看上去生病了。"

　　"我很伤心。可怜的孩子……"

　　刘易斯说："傍晚时我想问他昨晚看见的重要线索，另外还有个好工作想介绍他去，我本想说完昨晚的事后再和他讨论这个话题，但现在……"他停了下来。

　　马普尔小姐小声地说："傻孩子，可怜的傻孩子……"她摇了摇头。

　　塞罗科尔德夫人轻声问："简，你也这么看吗？"

　　这时斯蒂芬·雷斯塔里克走进来，说："吉娜，我没在剧院找到你，我记得你说——嘿，这是怎么了？"

刘易斯把刚才的话又说了一遍，刚说完，马弗里克大夫就带进来一个黄头发的年轻人。他两颊红润，一副天使般的样子，表情却显得很多疑。马普尔小姐记得刚来石门山庄那晚他来吃过晚饭。

"我把阿瑟·詹金斯带来了，他似乎是最后一个同厄尼说过话的人。"马弗里克大夫说。

"阿瑟，"刘易斯·塞罗科尔德说，"请帮帮我们。厄尼去哪儿了？这是不是什么恶作剧？"

"先生，我不知道。真的，我不知道。他什么也没和我说，什么也没说。他一天到晚泡在剧场里，就这些。他说他有一个关于布景的绝妙想法，赫德夫人和斯蒂芬先生会认为非常棒的想法。"

"还有一件事，阿瑟，厄尼说昨晚锁门之后他出去四处转了转，是吗？"

"当然不是，他不过是在吹牛，就这样。厄尼是个讨厌的骗子。他昨晚没出去，他总是这么吹牛，他开锁的本领并没有那么高！他根本不能把已经锁上的锁怎么样！不管怎么说，这一点我敢肯定，厄尼昨晚没出去过。"

"你这么说该不会只是想让我们满意吧，阿瑟？"

"我敢在胸口画十字发誓。"阿瑟认真地说。

但刘易斯显得并不满意。

"听，"马弗里克大夫说，"那是什么声音？"

一阵低语声由远及近，接着门被推开，鲍姆加登先生戴着眼镜跟跟跄跄地走了进来，他看上去脸色苍白，像生病了。

他气喘吁吁地说："我们找到他了——他们……太可怕了……"

他跌坐在椅子里，用手擦着额头。

米尔德里德·斯垂特尖声道："你什么意思——发现了他们？"

鲍姆加登浑身发抖。

"在剧院那边，"他说，"他们的头被撞碎了，一定是那个巨大的秤锤砸中了他们俩。亚历克斯·雷斯塔里克和那个孩子厄尼·格雷格，他们都死了……"

第二十章

"我给你端了一杯浓汤，卡莉·路易丝，"马普尔小姐说，"现在，请把它喝了。"

塞罗科尔德夫人坐在那张橡木雕成的四条腿的大床上，瘦小得像个孩子。她的两颊已失去了往日的红润，眼神空洞，显得心不在焉。

她顺从地从马普尔小姐手里接过汤碗，小口尝了尝。马普尔小姐坐在她的床边。

"先是克里斯蒂安，"卡莉·路易丝说，"现在又是亚历克斯和可怜的傻孩子厄尼，他很机灵，他真的知道些什么吗？"

"我认为他不知道，"马普尔小姐说，"他不过是撒了个谎，暗示自己看见或知道些什么，使自己显得很了不起。可悲的是，有人相信了他的谎话……"

卡莉·路易丝打了个冷战，眼光又变得缥缈遥远。

"我们那时想为这些孩子做许多事……也的确做了一些。有些人干得特别好，几个孩子担任了重要职位；但也有几个退步了，这可以补救。现代文明社会如此复杂，以至于一些头脑不那么发达的人无法理解它。你知道刘易斯的伟大计划吧？他一直认为交通不便曾有效地防止许多人变成罪犯。把那些人运送到国外，让他们在更简单的环境里开始新生活。他打算在这种思想的基础上开始一个现代计划——买一片地或一大群岛屿，资助它几年，使它成为一个能自给自足的合作式社区，让每个人都能参与其中。这个地方要与外界隔离开，防止人们受到诱惑再返回城市，去过之前那种恶劣的生活。这是他的梦想，当然要花很大一笔钱。如今没有几个有远见的慈善家，我们需要另一个埃里克，只有埃里克才会对这种事有热情。"

马普尔小姐拿起一把小剪刀，好奇地看着它。

"这把剪刀真怪，"她说，"一边有两个手指孔，另一边却只有一个。"

卡莉·路易丝将目光从令人生畏的远方收了回来。

"亚历克斯今天早上给我的，"她说，"用这种设计的剪刀剪右手的指甲时会更容易一些。可爱的孩子，他很热情，还让我试了试。"

"我猜他把剪下的指甲收好，带走了。"马普尔小姐说。

"对，"卡莉·路易丝说，"他……"她停了下来，"你为什么提这个？"

"我在想亚历克斯，他很有头脑，是的，他很有头脑。"

"你是说，这就是他被人杀了的原因？"

"我想是这样的……对。"

"他和厄尼……真不敢想象。是什么时候发生的？"

"今天傍晚晚些时候，大概是六点到七点之间……"

"那就是他们今天下班后了？"

"是的。"

"吉娜晚上也在那儿——还有沃利·赫德。斯蒂芬说他去找吉娜……"

从这方面来看，谁都有可能，马普尔小姐的思绪又被打断了。

卡莉·路易丝出人意料地平静，她说："你知道多少，简？"

马普尔小姐敏锐地抬起头看着她，两个女人的目光相交。

马普尔小姐慢慢地说："如果我能确定……"

"我想你能确定，简。"

简·马普尔慢慢地说："那你希望我怎么办呢？"

卡莉靠在枕头上。

"你看着办吧，简，你认为该怎么办就怎么办吧。"她闭上了双眼。

"明天，"马普尔小姐迟疑了一下，"我不得不去和柯里警督谈谈，如果他肯听……"

第二十一章

柯里警督不耐烦地说："什么事，马普尔小姐？"

"你看我们能不能到大厅里去说？"

柯里警督显得有些吃惊。

"你是不是想隐蔽一些？在这儿确实……"

他环顾了一下书房。

"不是想隐蔽些，有其他原因。我是想让你看一些东西，亚历克斯·雷斯塔里克让我发现了一些事。"

柯里警督咽了口唾沫，起身随马普尔小姐走进大厅。

"有人和你谈过话吗？"他暗示地问。

"不，"马普尔小姐说，"并不是有人说了什么，这是个变戏法的问题。他们用镜子干的，你知道——这种事——如果你明白我的意思。"

柯里警督不明白，他盯着她，猜测马普尔小姐是不是脑子有些不正常。

马普尔小姐站好，招呼警督站在她身边。

"我想让你把这儿想象成一个舞台，警督，就像克里斯蒂安·古尔布兰森被杀的那天晚上一样。你在这儿，是一名观众，看着舞台上的演员——塞罗科尔德夫人，我，斯垂特夫人，吉娜，还有斯蒂芬。我们就像在舞台上一样，舞台有进口、有出口，台上的人物会去不同的地方。你作为观众，不知道他们究竟要去哪儿。

"他们去大门口，厨房……打开门时你会看见一小块涂了颜料的背景。但他们其实是去侧楼——或后台，那儿有木匠和电器工，还有其他要上台的角色——总之他们出去了，到另外的一个地方。"

"我有些糊涂，马普尔小姐——"

"嗯，我知道，我敢说这听起来挺愚蠢的，但请你把这一切设想成一出戏剧，场景是'石门庄园的大厅'，场景后面有什么？我是说后台都有什么？平台，对吗？有平台和开向平台的许多扇窗户。

"你看，把戏就是这么耍的。是用锯切割女郎的戏法提醒了我，让我想到了这一点。"

"把女郎锯开？"柯里警督觉得马普尔小姐的脑子确实有点毛病。

"一个十分刺激的戏法。你肯定看过——戏法中其实有两个女孩而不是一个。一个露出头，另一个露出脚，看上去就像一个人，但其实是两个。所以我认为反过来也一样，两个人其实是一个人。"

"两个人其实是一个人？"柯里警督完全摸不着头脑了。

"对，不用太长时间。你的警员要用多长时间从停车场跑到这儿再折回去？两分四十五秒，对吗？还是比这还短？不超过两分钟。"

"什么不超过两分钟？"

"变戏法。两个人其实是一个人的戏法。在那儿——在书房里，我们只能看见舞台那部分。后面是平台，一排窗户。太容易了，书房里有两个人，其中一个打开书房的窗户，跳出去，沿着平台跑——亚历克斯听见过脚步声——从侧门进屋打死克里斯蒂安·古尔布兰森，然后再跑回来。在这期间，另一个人在书房里装出两个人的声音，使大家相信屋里有两个人。事实上大多数时间里屋里确实有两个人，只有一小会儿只有一个人，时间不超过两分钟。"

柯里警督终于喘了一口气，说了一句："你是说埃德加·劳森沿着平台跑出去打死了古尔布兰森？埃德加·劳森还给塞罗科尔德夫人下毒？"

"警督，根本没人毒害塞罗科尔德夫人，整场戏迷惑人的地方就在这儿。有人很聪明地利用了塞罗科尔德夫人患有关节炎的事，和砒霜中毒的症状一样。这是魔术师的老把戏。往补药瓶里加点砒霜，给打字机上的纸加几行字。古尔布兰森来这儿的真正原因确实与古尔布兰森信托公司有关，事实上就是钱。比如有人贪污，贪污了一大笔钱——你明白了吧？只有一个人能……"

柯里警督露出惊讶的目光："你是说刘易斯·塞罗科尔德？"他不敢相信地低语着。

"正是刘易斯·塞罗科尔德……"马普尔小姐说。

第二十二章

吉娜·赫德在给姨外婆范·赖多克夫人的信中写了这么一段：

你看，亲爱的鲁恩姨婆，整件事就像噩梦一样——特别是结局。我已经跟你讲过那个有趣的人，埃德加·劳森。他一直是个十足的胆小鬼——警督刚开始审问他，他就完全崩溃了，失去了勇气，像只兔子一样逃窜。丧失理智地一直跑，跳出窗户，转过房子，沿着车道往下跑。后来有警察拦住他，他便掉头冲向湖边。

他跳到一只破船上，船在那里烂了好几年了，他跳上去，开了船。当然，这么做十分荒唐，正如我说的那样，他就像一只惊恐不已的兔子。后来，刘易斯大喊了一声"那只船早就烂了"，便冲向湖边。船沉了下去，埃德加在水中挣扎——他不会游泳，刘易斯跳进湖里游过去，游到他身边，但两人都遇到了麻烦，因为他们被芦苇缠住了。警督的一名手下在腰上系了根绳子下水去救，可他也被缠住了，大伙不得不把他拉回来。米尔德里德姨妈说："他们会被淹死的，会淹死的——他们俩都会被淹死……"说这话时她显得很傻，外婆只说了一句"是"。我没法向你描述她是怎么说

177

出这简单的一个字的。只说了"是",可这个字像一把利剑，能把人刺穿。

我是不是过于夸张了？我想是的。但当时的情况就是如此……

后来——这一切都过去后，人们把埃德加和刘易斯捞出来做人工呼吸（只是早已无济于事），警督走过来对外婆说："塞罗科尔德夫人，恐怕是没救了。"

外婆平静地说："谢谢你，警督。"

然后她平静地看着大家。我很想帮忙，但又不知道该怎么做，乔利看上去很小心，像以往一样准备帮忙。斯蒂芬伸出双手，可爱的马普尔小姐显得伤心而疲倦，沃利也很不安，大家都那么爱外婆，想要做点什么。

可是外婆只说了一声"米尔德里德"，而米尔德里德姨妈叫了声"妈妈"，她们就一起走回了家。外婆看上那么瘦小脆弱，她靠在米尔德里德姨妈身上。在那一刻之前，我从没意识到她们之间的感情有那么深，你知道，这种感情并不经常表现出来，可它一直在彼此的心里。

吉娜停下来，蘸了一下墨水，又接着写：

我和沃利——我们会尽快回美国去……

178

第二十三章

"你是如何猜到真相的，简？"

马普尔小姐没有急着回答这个问题，她若有所思地看着面前的两个人——愈加瘦削脆弱的卡莉·路易丝，令人不解的是，她看上去似乎没受什么影响。还有一位老先生，他笑容可掬，满头白发，他是克罗默的主教加尔布雷思医生。

主教握着卡莉·路易丝的手。

"这一切太令人伤心了，我可怜的孩子，这个打击太大了。"

"是件令人痛心的事，不过算不上打击。"

"没错，"马普尔小姐说，"的确是这样的。人们都说卡莉·路易丝生活在与这个世界不同的另外一个世界里，说她脱离了现实。可实际上，卡莉·路易丝，你面对的才是现实，不是幻觉。你从来没像我们中的大多数人一样被幻觉所欺骗。当我突然意识到这一点时，我发现我必须按照你的想法与感觉去做。你确定没人想毒害你，你无法相信这件事。你这么想非常正确，你是对的！你从来就不认为埃德加会伤害刘易斯，这一点你也是对的。他无论如何也不会伤害刘易斯。你确信吉娜只爱自己的丈夫不爱别人——这也是事实。

"因此，如果以你的眼光来看这些事，许多看上去是真实的东西只不过是幻象。有人制造幻觉，就像魔术师一样，欺骗观众。而我们正是那些观众。

"亚历克斯·雷斯塔里克发现了真相的蛛丝马迹，他有机会从另外一个角度——从外面那个角度——来看这件事。他曾和警督站在车道上观察这幢房子，发现了从窗户出入的可能性。他想起那天晚上听到的脚步声，警员的计时让他意识到要干那件事需要的时间非常短。警员气喘吁吁的样子让我想起那天晚上打开书房门时刘易斯·塞罗科尔德上气不接下气的模样。他刚刚剧烈奔跑过，你知道……

"可对我来说，埃德加·劳森才是一切的关键，我总觉得他不太对劲。他所说所做的一切都符合人们对他的设想，可他本身却很不正常。事实上他是个扮演精神分裂症患者的正常人——只是总是演得过于夸张，显得很戏剧化。

"这件事肯定得保密。克里斯蒂安上次来时刘易斯就意识到有什么事让克里斯蒂安起了疑心，他十分了解克里斯蒂安，知道如果他对什么事产生了怀疑就一定会紧追不放，他要证明自己的疑心是否有依据。"

卡莉·路易丝有些激动。

"对，"她说，"克里斯蒂安就是这样的。沉稳而有毅力，且十分聪明。我不知道什么事让他产生了怀疑，但他开始调查，并发现了事情的真相。"

主教说："这都要怪我，我是个不太负责的受托人。"

"谁也不该指望你会懂财务。"卡莉·路易丝说，"那本来就是吉尔弗里先生管的，他去世后，刘易斯在这方面的经验让他完全控制了财务上的事，这也是我们早该想到的。"

说着，她的两颊又泛起红润的光泽。

"刘易斯是个了不起的人，"她说，"他很有远见，他坚定地相信用钱可以完成他想干的事业。他不是为自己挣钱——至少不是那种贪婪低俗的对钱的追求——他要的是钱所带给他的权力，他要用这个权力去干许多事……"

"他要成为上帝。"主教说话时声音很严肃，"他忘记了人类不过是上帝意志的服从者。"

"所以他贪污了信托基金吗？"马普尔小姐问。

加尔布雷思迟疑了一下。

"不只是这个……"

"告诉她吧，"卡莉·路易丝说，"她是我多年的好朋友。"

主教说："刘易斯·塞罗科尔德是那种会被人们称为金融奇才的人。在他从事对技术要求很高的会计工作时，醉心于设计不同的方法，诈骗一些相当保险的资金。那时这不过是学术研究，但当他意识到真的可以弄到一笔巨大的钱财时，他便把这些方法付诸行动。你知道，他手下有些一流的人才，他从这些年轻人中选出一小部分优秀的，带来这里。这些孩子生来就有犯罪倾向，爱找刺激，智商非凡。我们还没弄清全部事实，但显然这个秘密团体行为诡秘，受过特殊训练，后来都身居要职，完成刘易斯的指示，修改账目，神不知鬼不觉地把大笔钱财转移走。行动的细节十分复杂，查账人员得用好几个月才能弄清真相。不过结果很简单，就是刘易斯·塞罗科尔德通过不同名字下的银行账户私吞了一大笔钱，他想用这笔钱在国外建立一个殖民地，做他理想中的实验——他想让青少年罪犯拥有并管理那片地方。这可真是个离奇的梦想……"

"这个梦差点儿成真。"卡莉·路易丝说。

"对，差点儿变成了现实。但刘易斯·塞罗科尔德采取的是不正当的手段，还被克里斯蒂安·古尔布兰森发现了。他十分生气，并十分担心这个发现，以及日后针对刘易斯的起诉可能对你造成影响，卡莉·路易丝。"

"这就是他问我心脏好不好的原因，看上去他对我的健康深感担忧。"卡莉·路易丝说，"当时我根本不明白是怎么回事。"

"后来塞罗科尔德从北方回来，克里斯蒂安在屋外遇见他并跟他讲自己知道这件事了。刘易斯表现得十分冷静。两个人都认为尽量不要让你卷进来。克里斯蒂安说要给我写信请我来，作为一个合伙受托人来讨论这个问题。"

"只是，"马普尔小姐说，"刘易斯·塞罗科尔德早为这件事做好了准备，全安排好了。他把那个扮演埃德加·劳森角色的年轻人带到了家里。当然，确有埃德加·劳森其人，以防警察查看他的履历。这个假埃德加十分明白自己该做什么——扮演一个因迫害而得精神分裂症的人，为塞罗科尔德提供极其关键的几分钟作案时间。

"下一步他们也早就谋划好了。刘易斯编了个故事，说你被人下毒慢慢谋害。想到这件事，人们只能认为是克里斯蒂安告诉他的，刘易斯在现场等警察时还往打字机上的纸上加打了几句话。往补药里加砒霜很容易，对你也不会构成危险，他只要在场确保不让你喝药就行了。巧克力的事不过是画蛇添足——当然，巧克力最初并没有毒，毒是在交给柯里警督之前才放的。"

"亚历克斯猜到了。"卡莉·路易丝说。

"对，这就是他为什么收集了你的指甲，指甲可以证明人体是否处于长期砒霜中毒中。"

"可怜的亚历克斯——可怜的厄尼。"

两人沉默了片刻，他们想到了克里斯蒂安·古尔布兰森，亚历克斯·雷斯塔里克，还有年轻人厄尼，想到了谋杀会迅速地把人的生活变扭曲。

"有一件事是肯定的，"主教说，"刘易斯说服埃德加成为他的同谋，这冒了很大的风险——即便他掌控着他……"

卡莉摇了摇头。

"不完全是掌控着他，埃德加对刘易斯十分忠心。"

"对，"马普尔小姐说，"就像伦纳德·威利和他父亲一样。我不清楚他们是不是……"

她犹豫了一下。

"这么说你发现他们的相似之处了？"卡莉·路易丝问。

"你一直都知道这件事，是吗？"

"是我猜的。遇见我之前刘易斯曾热恋过一个女演员，他跟我讲过。这没什么大不了的，那人是个淘金者，并不怎么在乎他。但我坚信埃德加其实是刘易斯的儿子……"

"对，"马普尔小姐说，"这就能说明一切了……"

"他最终为他献出了生命。"卡莉·路易丝看着主教，像是想为丈夫申辩，"他这么做了。"

沉默了片刻，卡莉·路易丝继续道："事情这么了结我挺高兴的……他为了救自己的儿子而死……很好的人会变得很坏。我早就知道刘易斯是这样的人……可是，他很爱我，我也爱他。"

"你——怀疑过他吗？"马普尔小姐问。

"没有，"卡莉·路易丝说，"毒药的事把我弄糊涂了。我知道刘易斯绝对不会给我下毒，可是克里斯蒂安的信上明明说有人在给我投毒，所以我认为我对人的一切认识都是错误的……"

马普尔小姐说："在亚历克斯和厄尼被人杀害以后，你起了疑心，是不是？"

"是的，"卡莉·路易丝说，"因为我认为除了刘易斯没人敢这么做。我开始担心他下一步会干什么……"

她微微颤抖了一下。

"我很敬佩刘易斯，我敬佩他的——可以说他的优秀吗？可是我也知道，如果你是个好人，你必须谦和一些。"

加尔布雷思大夫轻声说道："卡莉·路易丝，这正是我一直崇敬你的地方——你的谦和。"

那双可爱的蓝眼睛由于惊讶而睁大了。

"可我并不聪明——也不优秀。我只是崇拜别人身上的优秀之处。"

"亲爱的卡莉·路易丝。"马普尔小姐轻声呼唤着。

尾声

"外婆和米尔德里德姨妈在一起不会有什么事的。"吉娜说，"米尔德里德姨妈比以前好多了——虽然也没有特别好，你明白我的意思吧？"

"我知道你是什么意思。"马普尔小姐说。

"我和沃利再过两个星期就回美国了。"

吉娜瞥了一眼旁边的丈夫。

"我将彻底忘记石门山庄，忘记意大利，以及我孩子气的过去，变成一个百分之百的美国人。我们的儿子会被称为小赫德。这么说最公平，对吗，沃利？"

"当然了，凯特。"马普尔小姐说。

沃利十分宽厚地冲这位弄错人名的老太太一笑，轻声矫正说："是吉娜，不是凯特。"

吉娜却笑了起来。

"她知道自己在说什么！等一下她会叫你佩楚奇奥！"

"我认为，"马普尔小姐对沃尔特说，"你的做法十分明智，我亲爱的孩子。"

"她觉得你最适合做我的丈夫。"吉娜说。

马普尔小姐把两人仔细打量了一番。她想，看见两个年轻人相爱多好啊，沃尔特·赫德已经由她当初所认识的那个闷闷不乐的年轻人变成了一个心情愉快、面带笑容的高大小伙子……

"你们俩让我想起——"她说。

吉娜冲向前,把一只手放在马普尔小姐的嘴上。

"别说,亲爱的,"她大叫道,"别说了。我不相信人人都能用你们村子里的人来比,我们才不是那种有瑕疵的人呢。马普尔小姐,你是个有魔法的老太太。"吉娜的双眼湿润了。

"当我想到你、露丝姨外婆还有外婆,你们三个人一起上学时……我真想不出你们是什么样子!不知怎么,我就是想象不出……"

"我猜你也想不出来,"马普尔小姐说,"那是很久很久以前的事了……"

图书在版编目（CIP）数据

借镜杀人 ／（英）阿加莎·克里斯蒂著；陈杰译．－－2版．－－北京：新星出版社，
2022.11

ISBN 978-7-5133-5037-2

Ⅰ．①借… Ⅱ．①阿… ②陈… Ⅲ．①侦探小说－英国－现代 Ⅳ．① I561.45

中国版本图书馆 CIP 数据核字（2022）第 188345 号

午夜文库

m

谢刚 主持

借镜杀人

[英] 阿加莎·克里斯蒂 著；陈杰 译

责任编辑：赵笑笑	统筹编辑：王　欢	
责任校对：刘　义	责任印制：李珊珊	
封面插图：宣　和	装帧设计：周伟伟	

出版发行：新星出版社
出 版 人：马汝军
社　　址：北京市西城区车公庄大街丙3号楼　　100044
网　　址：www.newstarpress.com
电　　话：010-88310888
传　　真：010-65270449
法律顾问：北京市岳成律师事务所

读者服务：010-88310811　　service@newstarpress.com
邮购地址：北京市西城区车公庄大街丙 3 号楼　　100044

印　　刷：三河兴达印务有限公司
开　　本：910mm × 1230mm　　1/32
印　　张：6.5
字　　数：105千字
版　　次：2022年11月第二版　　2022年11月第一次印刷
书　　号：ISBN 978-7-5133-5037-2
定　　价：42.00元